ラジオ・ガガガ

原田ひ香

双葉文庫

contents

第1話

三匹の子豚たち

「ご趣味は……読書とラジオですか。いい趣味ですねえ。ここの皆さんもラジオお好きですよ。ラジオ深夜便なんて、いいですよねえ」

ええまあ、と河西信子は上品に微笑みながら、うなずく。

本当に聴いてんのかよ、お前。ラジオ深夜便なんて老人相手のスローテンポな番組、聴いたことないくせに。あんなつまんないラジオ、私だって聴かないのに。二十七歳の男が？　逆に気持ち悪いわ。

と、心の中で突っこみまくっているのは、向かいの頬も鼻の頭も赤い、下手をすると十代にさえ見える、まじめそうな青年にはわからないだろう。山田幸太郎というそうで、これから担当になるらしい。信子は愉快でたまらない。

「お召しものもステキですね」

横から、さっき、主任と紹介された中年女性が言った。「紫色で」

「藤色です」

それまでただ、微笑んでうなずいているばかりだった信子がきっぱり言い切ったので、女は驚いたようだった。

「失礼しました」

「いえ」

「うちのお義母さんはこの色が大好きなんですよ。ブラウスもカーディガンも紫で」

長男の嫁の冴子が口を挿む。

だから、藤色だってば。紫みたいな下品な色じゃない。それからお前が説明するな。あたしは子供じゃない。まだ頭もしっかりしているし、口もついているんだから。それから、藤色が好きと一度言ったらあんたたちが毎年その色のものをくれるから、しょうがなく着てたの。

でも、言わない。ただ、微笑むだけである。否定するのも面倒だから。

夫が肺がんで亡くなったのは十年前だった。以来、一人暮らしを続けてきたが、昨年末、七十の誕生日を過ぎた頃に、家の中で転倒して、大腿骨を折って入院した。リハビリをがんばったので、杖さえあれば一人で歩くことはできるが、今までと同じ暮らしはむずかしいと、自己判断した。

義父母の老いを間近で見ていて、老人の最後がどうなるのか、ということはよくわかっていた。義父は肺炎をこじらせて真冬に亡くなり、義母は七十五を過ぎた頃から物忘れが始まって、認知症と診断された。ずっと家で面倒を看ていたけど、信子のことを「お姉さん」と呼ぶようになってから三年で、デイケアの施設の人から「そろそろ特養に入られることを考えたらどうですか。今なら入れますから」と勧められた。義母はその施設で最期を迎えた。

その後、闘病の末に夫を看取った時に、信子はもう自分がするべき仕事は終えた、と思った。肺がんの末期はつらく、あれは本人にも家族にも壮絶な時間だった。病名を告知されていた夫は、とにかく楽に死にたいと願い、担当医とも話し合ってきた。それでも、最後の最後に痛みを抑える強い薬を使う許可を出したのは信子だ。「これを使ったら、お話をするのはもう無理かもしれません」と医者に宣告された。そのきつい判断も含めて、自分の仕事はやりきった、と思った。

だから、思い残すことは何もない。

信子さんも苦労したものね、と友人や知人に声をかけられることがあると否定もせずに微笑む。そう思わせてくれる程度の介護をさせてくれた彼らに信子は感謝している。

だからこそ、自分は人に迷惑をかけたくない。だって、子供たちが自分と同じように考えてくれるかはわからないのだから。嫁ならなおさら。

一人暮らしができなくなったら、家を売って老人ホームに入るからね、何も残せないが迷惑もかけないよ、と前々から息子たちには言ってあった。そして、いよいよ宣言した時彼らは一様に不満そうな顔をしたが(何も残せないのが不満なのか、老人ホームに入るのが不満なのかはわからない。考えたくもない)、嫁たちはそろって賛成してくれた。

息子は三人いて、まるで『三匹の子豚』のようにそれぞれの性格が違う。皆、大学まで出してそこそこの仕事に就けるまでに育てた。それだけが財産だとありがたがりなさい、とこれもまた心の中でつぶやいた。

四十代半ばの長男と次男は結婚していて、一人歳の離れた三十代の中学教師の三男だけがまだ独身だ。二人の嫁はどちらもまあそう美人でもないが、ブスでもない。長男の嫁は仕事があって子なし、次男の方は専業主婦で二人の子供あり、だ。どちらも細かいことを言えばいろいろ難はあるが、まあ、自分を殺すほど危険な女でもないようだし、よしとしなければ。

信子は他人に期待しない。

娘時代から、自分の親友たちが皆、驚くほど変な男と結婚していくのを見てきた。また、夫の友人たちもあまり気に入らなかった。ましてや、夫の友人の妻たちはさらに、今どきどっからこんな非常識な女を探してきたのだ、と言いたくなるほどひどかった。友人や知人はほとんどの場合、絶対に自分が気に入らない人間、おかしな異性を配偶者とするものだ、ということを学んだ。これは、息子の嫁はかなりの覚悟をしなければならない、と内心戦々恐々としていたら、まあ、〝変な人〟ではないようなので安心した。

信子が宣言した時、嫁たちは二人ともほっとした顔をしていた。冗談混じりに、遺産相続でもめたりするよりずっといいわよねえ、などと笑い、将来、足りない分は私たちもできるだけのことはしますから、と請け合った。まあ、それだってその時になったらどうなるかわからないけど。

長男・正人は話し合いの翌日に、信子が家を売却し、そのお金を普通預金に入れた場合、投資信託に投資した場合、老人ホームに入った場合、ケアハウスに入った場合、老人用マンションを購入した場合……などさまざまなプランを立て、詳細なレポートにして送ってきた。さすが銀行の融資担当課長、手際がいい。そこに彼自身の言葉は簡単なコメント以外なかったが、昔から、数字や図表で計画を立てるのが好きで得意な長男のこと、それこそが彼の言葉だと知っている信子はありがたく受け取った。

正人は幼い頃、むずかしい子供だった。学校の成績は良いのだが、友達が作れない。人の気持ちをおもんぱかったり、自分の気持ちを表現するのが苦手だった。中学生になっても学校には馴染めなかったが、ありがたいことに塾の先生で彼をよく理解してくれる人がいて、その人と同じ国立大学の数学科に進んだ。こんな子と結婚してくれる女なんていないだろうと思っていたら、就職した銀行の融資先で出会った、ファッションブランドの広報の女性と結婚した。二人でどういう話し合いをしたのかわからないが、子供は作らないと決めているらしい。四十半ばを過ぎた今でも夫婦でよく旅行などしている。時々、信子は密かに、自分に一番似ているのは、この感情をほとんど外に出さない長男なのかもしれない、と思うことがあった。

嫁二人は協力して老人ホーム探しに付き合ってくれ（信子もいくつか心づもりはあったのだけど）、結局、今の信子に適当なのはホームではなく、ケアハウスではないか、ということになった。私立の大きな施設で、その後、さらに進んだ介護が必要になったら、同じ会社が運営している別の施設に移ることができる。彼女たちは入所までの手続きなどを率先してやってくれた。血のつながった三匹の子豚より、他人の方がずっとありがたい。

こういう時は割り切った方がうまくいくのだ。

信子自身、子供の頃から自分の母親と祖母のむずかしい関係を見ていたから、同居は絶対にごめんだと思っていた。

そう、信子の考え方のほとんどは自分が見たもの、実体験から生まれたもので、それ以外はあまり信用していない。

次男の嫁は準備の間、一度だけ、「お義母さんには感謝しています」と涙ぐんだ。うざっ。うざいうざい。そういうことを言われるのが一番嫌だ。

口には出さなかったけど。

たぶん、彼女は専業主婦だから、信子の世話をさせられるのではないかと恐れていたうか。

のだろう。それが、お金で解決できるということになって、ほっとしたのではないだろうか。

ほら、見なさいよねえ、と言いたい。言わないけれど。

もしも、信子の介護が必要になって、さまざまなことを彼ら、彼女らに頼むことになったら、長男次男の嫁同士で争ったり、兄弟間でも信子を押し付け合い、大変なことになった可能性もある。

これが一番いいのだ。お金で解決できるほど、安いものはない。

入所当日、息子三人とその嫁が全員来る、と言い出したので、それも断った。そして、長男の嫁の冴子に同行を頼んだ。

「あなた、お仕事があって申し訳ないんだけど、こういう手続きは一番上手だから」

褒めてやると、ちょっと嬉しそうな顔をした。

本当は、彼女が最も実務的で、ある意味、非情な性格だからだ。さくさく手続きして、さっさと帰ってくれるだろう。

「他の人は別の日に面会にでも来てね」

まあ、たいして来やしないだろう。

いいの、私はよくわかってる。ね、そうでしょう？

また、心の中でつぶやく。

老人ホーム、もとい、ケアハウスの日々は結構忙しい。

信子は「個室」を選んでいて、四畳半ほどのスペースにベッドのある部屋に住んでいる。単身者の部屋の中では真ん中ぐらいの大きさだ。トイレや風呂は室外に共同である。

入所の時に、信子は、他の入所者と「あまり関わりたくない」、ホームの行事に「あまり参加したくない」、介護者に「あまり干渉されたくない」の、三つの「あまり〜ない」に大きく丸をつけた。それでも、もちろん、一日三回の食事には顔を出さないわけにいかないし（それは介護者の負担軽減、生存確認の意味もある）、トイレや風呂で他の人と顔を合わせないわけにもいかない。そういう時は、ちゃんとあいさつして、他の人の噂話にも耳を傾けるふりをする。

面倒くさいのはいやだが、変人だとは思われたくない、というのが本当のところだ。

朝ご飯を食べると皆で体操して、午前中は自由時間。食堂でのんびり新聞を読んだり、テレビを観たりしている人が多い。

午後はさまざまな習い事の教室もあって、好きなものが選べる。

「お教室への参加を強制するわけではないですけど、せっかくですから何かご趣味を持った方がいいですよ」

朝食の配膳を待っている時に用紙を渡されて、主任に勧められた。

だから、趣味はラジオだと言っているのに。

「できたら、一人で没頭されるような趣味と大人数での趣味、二つあるといいですね」

さすがに主任、信子が断る前に言葉を重ねてきた。そして、なるほどと思わされることを言う。深夜ラジオを聴いているといっても、信子は反抗期の中学生ではないのだ。

教室には、「貼り絵」「ボタニカルアート」「編み物」「日本刺繡」など、「一人で没頭」できるものと、「合唱」「ニコニコ体操」「社交ダンス」など「皆で」楽しめるもの、ちゃんと二種類が用意されていた。

まあ、何か一つぐらい始めてみるのもいいか。主任や山田の顔をつぶすわけにもいかないし。あんまり部屋に閉じこもっていて、おかしな偏屈な人間だと思われても困るから、と渡された用紙を眺める。

心の中で言い訳しているけれど、実はほんの少し、心がはずんでいるのがわかる。手芸などのこまごまと手を動かすことは嫌いでないし、女学生の頃、音楽の合唱の時間は好きだった。信子のソプラノの声はとてもきれいだと先生にも褒められたほどだ。

音楽の古沢先生は東京の音楽学校を出た後、信子の学校に配属されてきた先生だった。女性の先生ばかりが幅を利かせていた女子高で、音楽なのに、男の先生？　と最初は戸惑ったけれども、ピアノがとてもうまくて、授業中にベートーベンの「月光」などを弾いてくれた時には皆、うっとりしたものだ。信子も先生がソプラノ指導のために近くに来るだけで、密かにどきどきしていたっけ。

いやいや、歳を取ると、自然に昔のことばかり思い出してしまう。また教室の一覧に目を落とした。

本当は、一瞬、社交ダンスにもひかれた。というのは、以前、洋画などで外国人がレストランで食後に立ち上がって、臆面もなくダンスを踊るのを観て、少し、ほんの少しだけすてきだな、と思ったことがあるのだ。

しかし、それは配偶者あってのものだ、という気もする。

親の知人から紹介されて結婚した、信子の夫は武骨な人だったけれども、頼んだことはやってくれる人だった。息子たちが巣立ち、仕事も退職したら、一度、大型客船にでも乗ってみようか、などと話している矢先に病に倒れた。

あれがなければ、船旅中に二人で踊っていたかもしれない。

まあ、入所時、自己紹介をさせられた集会所には、ダンスを踊りたいと思うような男は一人もいなかった。半分以上は車いすだったし。

信子はごくわずかでも「社交ダンス」に目を留めた自分を恥じて、首を振る。

さすがの自分も新しい場所に来て、浮かれているのかもしれない。

朝食を終えると、さっさと自分の部屋に戻って、ラジオのつまみをひねった。

朝のラジオを聴くのではない。昨夜（正確には本日未明）録音したものを聴くのだ。

本当はリアルタイムで聴きたいところだけど、寄る年波、最近めっきり寝落ちしてしまうことが多くなった。それはあまりにももったいない。

信子は録音できるラジオを二台持っている。深夜はTBS JUNKとオールナイトニッポンがかぶるから。FMにも聴きたいのがあるし。

木曜日などはJUNKでおぎやはぎ、オールナイトで岡村隆史がしゃべるから忙しい。東京の笑いと大阪の笑い、どちらも聴き逃せない。性格はまったく違うけど、どちらも気のいい、まっとうな青年であることが、過激な発言の中にも見え隠れしている。土曜日は少し前まで、オードリーとFMのふかわりょうのラジオが重なっていたから大忙しだったのに、ふかわのラジオが終わってしまったのが残念だ。

まあ、そうは言っても、二台のラジオがあればたいていのことは間に合う。

今日は火曜日だった。前夜の伊集院のラジオが聴ける。

朝ご飯を食べている時から、嬉しくて口元がほころぶほどだった。ちゃんと録れているか、デジタルの機械だから大丈夫だとわかっていても、毎回ドキドキしながらスイッチを入れる。

特徴的なジングルが鳴り、ほっとした。「今週、気づいたこと!」という声が聞こえてきて、信子は寸時、すべてを忘れる。

彼は今夜、とある芸能人の覚せい剤での逮捕事件について話している。

時々、「ああ、そんなことを言っていいのかしら」と芸能界に疎い信子までひやひやするようなことを言う。けれど、芸能界のご意見番と違うところは、彼は自分の駄目なところや嫌なところも、話の端々に挟み、さらけ出すのだ。自分だって弱い人間で誘惑があれば薬物使用で捕まるかもしれない、だけど。

彼は言う。自分には薬よりもっと楽しい、気持ちがいいことがあるのを知っている。自分でもっと気持ちがいいことを見つけたり、探したりする方がずっと楽しいのに、なんで彼らはそれを選ばないのか。

ラジオを聴きながら信子は思う。伊集院は決して自分たちを裏切らない。いや、裏切っても、その裏切ったことをちゃんと話してくれるだろう。それが物理的に可能な場所にいれば。

だから、自分も他のファンたちも絶対に彼を裏切らない。

その一体感の中で、信子は彼の声に身を埋める。

信子は自分が深夜のラジオを聴き始めた日をはっきり覚えている。

一九八一年一月一日だ。

正月だった。

家には、新年のあいさつに夫の部下が家族を連れてきたり、近所に住む親類が訪ねてきたりしていた。一昔前の正月というのは、都会でもそんなふうに過ごしたものだ。三男はまだ生まれておらず、それでも小学生の長男と次男がいて、てんてこ舞いの忙しさだった。

夫の独身の部下たちは夜遅くまで酒を飲んでいた。子供たちや夫が風呂に入って眠りについたのは、深夜零時を回っていたと記憶している。

信子は一人、台所に立って、汚れ物を洗い始めた。

そのとたん、涙があふれた。

片付けが嫌だったのではない。さんざん飲んだ挙句に、信子に一言のねぎらいもなく、さっさと風呂に入って寝てしまった夫に不満があったわけでもない。そんなこと、当時の主婦には当然だった。今の「家事も子育ても手伝ってくれる」夫など夢にも見たことのない時代だ。

そんなことではなかった。

信子は前年の六月に流産していた。

妊娠して七か月。胎動もあり、名前なども考えていた矢先の流産だった。女の子でした、と担当医は教えてくれた。

退院した直後は悲しかった。けれど、夫や子供たちの日常を調えるので手一杯で、感情をあらわにするのは彼らに悪い、と思っていた。そんな中で必死に働いたのがよかったのか、体調もほどなく戻り、記憶はじょじょに薄れかけてきた。自分は立ち直ったのだと思っていた。

しかし、なぜか、その日、ふっと思い出してしまった。

無事に生まれていれば、今頃三か月。表情も豊かになり、親の顔を見分けて笑うようになっていた頃かもしれない。忙しいお正月の中、家族の一員として存在感を発揮したことだろう。

けれど、あの子はいない。

しかも、あいさつに訪れた夫の弟に「義姉(ねえ)さんも去年はあんなことがあったけど、また、すぐできるから。男二人も作れたんだから、あんたのお腹が悪いわけじゃない」と言われたのもつらかった。彼が妻とともに、二歳になる娘を連れてきたことも。

悪気がないのはわかっている。元気づけようと言ってくれたのだろう。現代なら考えられないけど、当時は親類ならあのぐらいの無神経な物言いは普通だった。実際、その翌々年に三男が生まれた。

けれど、その日は、信子は泣きながら皿を洗っていた。そして、少しでも気をまぎらわそうと、また、泣き声が寝室に漏れないよう、ゴム手袋をはめた手でラジオをつけた。

「ビートたけしのオールナイトニッポン！」

適当につまみをひねったラジオからその声が聞こえてきたのは、今思うと奇跡だとしか思えない。

その日が、あの伝説の番組の初日だったのだ。信子は三十六歳だった。あれ以上若くても、年寄りでも、ラジオにはまったかわからない。

正直、あの日だって、信子は彼の言葉をちゃんと聞いていたわけではなかった。

深夜ラジオは初めてだったし、それは信子が昼間、家事の合間に何気なくつけるような、生活百科を教えてくれるようなものとはまったく違うものだった。

だけど、ただ、男がものすごい早口で何やら楽しそうに話しているのを聴いていれば、それでよかった。

あんな夜は、自分が一人じゃない、ということを確認できるだけで、十分なのだ。

ケアハウスに入所して最初の週末に、三男・正武が訪ねてきた。

午前中の時間で、信子は朝食を食べた後、自室にこもってまたラジオを聴いていた。

ドアのノックの音に振り返ると、係員に案内されて来た正武が、「よっ」と言うように片手を挙げた。

現金なもので、「来なくていいよ」と言っていたのに、息子の顔を見ると悪い気はしない。

「また、ラジオ、聴いてるの？」

「まあね」

「ラジオばっかり」

三男はふふふっと笑った。

「何よ」

「ウディ・アレンの『ラジオ・デイズ』の中にさ、親が子供に『ラジオばっかり聴いて！』って怒るシーンがあったな、と思って」

「確かに」

その映画は三男が教えてくれて、DVDで観た。ラジオ時代もテレビ時代も親が言うことは同じなのだ、とおかしかった。さしずめ、今なら「スマホばっかりして！」と言うのだろうか。

「ああ、それで、こんなもの、持ってきた」

正武がバッグから黒くて平べったいものを出す。

「何よ。スマートフォンなら使わないって言ったでしょ」

信子はガラケー派だ。勧められても、新しいものを使う気にならない。

「違う。タブレット」

正武は彼の手のひらより少し大きめの板を渡す。

「こんなの、いらないわよ」

「いいから、いいから。使ってみれば便利だから。Wi-Fiはちゃんと完備してあるって、義姉さんが言っていたから」

そのぐらいはある。今どきの老人はパソコンぐらい使えない場所には集まらない。

「ここ、意外に広いね。日当たりもいいし」

介護士が持ってきてくれた椅子に座りながら言う。

だから、ケアハウスをどんなところだと思っていたのか。牢獄じゃないのだ。

「タブレットだなんて、お高いんじゃないの？」

「たいして高くないよ。一万円もしない。実を言うと、アマゾンのセールで四千九百八十円だった」

彼はそのタブレットを指で触りながら、使い方を教えてくれた。

「だめよ、うまく使えない」

信子は、パソコンは使える。夫が亡くなった後、ちゃんと近所の公民館でやっている、老人のパソコン教室に通ったのだ。

原理は同じだ、と正武は言うのだが、ちゃんとキーボードがないから文字入力がうまくいかない。

「大丈夫、すぐ慣れるから。何よりね」

正武は三角の矢印がついたアプリ、と呼ぶ、しるしを叩いた。

「このユーチューブっていうものを使ってほしいんだ」

「ユーチューブぐらい、知ってるわよ」

「え、そうなの？」

「伊集院光さんが言ってた。これで、深夜ラジオを録音して、勝手に流している輩（やから）がいるんだってね。しかもその再生回数でお金がもらえるっていうじゃないの」

自然に眉をひそめてしまった。これが悪魔の道具らしいことはわかっているのだ。

「ははは。ずいぶん、悪者にされてるな」

「当たり前よ。それじゃ、泥棒じゃない」

「まあね、でも、録音をし忘れた時なんかに聴くことができるし」

「いらないわよ。そういう時は潔くあきらめるの」

「何より、母さんが昔聴いてたっていう、たけしのラジオなんかも公開している人がいるらしいよ」

少し心が動いた。

三十五年前、信子をラジオに開眼させてくれた、ビートたけしのラジオのことは実は今ではもううっすらとしか覚えていない。

ただ、彼は「本音」というものを教えてくれた。「かっこつけない」ということも。信子の平坦で平凡な人生に。人々が本当はそっと心に忍ばせていて当たり前の、人前では少し「きどった」り、「杓子定規に」「まじめに」ラジオの前でしゃべったり、曲紹介するのはこっけいで、おかしいのだ、ということ。

だから、信子は立ち直れた。心の中で、本当の気持ちをつぶやくことができるようになって。

そんなことをぼんやり、覚えているだけだ。

録音できるラジオも持っていなかったし、そういう時代でもなかった。

信子自身忙しい頃でもあり、録音をしていたところで再生して聴けたかどうか、あやしいものだ。ぼんやりとラジオをつけておき、寝落ちしてしまったらそれでいい、というような感じだった。

しかし、深夜ラジオというのはそんなものだという気もする。それこそが正しい聴き方なのではないかと。

「ラジオなんて、流れたらそれでおしまい。聴き直すようなものじゃない。今は歳が歳だから録音してるけど」

「母さんの言うこともわかるような気がするよ。ただささ、有名な『駅馬車』という映画があるじゃない。ジョン・ウェインが出てる」

「昔、テレビでやっているのを観たことがあるかもしれないわ」

「あの映画、オープニングに一瞬、ピンボケしているところがあるんだよね。昔は映画の全盛期で毎週毎週新しいものがどんどん作られていた。だから、結構、いいかげんに作られていたらしいんだよ。あれが後世に残るかどうかなんてわからなかったから」

「何が言いたいの」

「だけど、結果的に『駅馬車』は残った。いいものは残るし、ユーチューブだろうがネットの中だろうが、聴きたい人がいる限り、それが生きていくことは否定できないことなんじゃないか。誰にも」

熱弁した後、俺もよくわからなくなってきた、と言って、正武は頭をかいた。

「まあいいわ、あなたの言うことも考えておく」

「そろそろ、クリスマスだよね。蒼佑(そうすけ)くんたちのプレゼント考えた？」

次男のところの子供たちだ。

「まだよ」

「『マリオメーカー』っていうゲームソフトがほしいんだって。母さんと俺と半分ずつで贈らない？　マリオゲームを自分で作ることができるソフトらしいんだけど」

「『マリオメーカー』くらい知ってるわよ」

「え。そうなの？」

「伊集院さんもやってるって、言ってた。子供にもおもしろいんじゃないか、って勧めていたからいいんじゃない？」

「なんでも伊集院、伊集院だな」

正武は笑った。

「あんた、今日は、恵さんはいいの？」

彼の恋人だった。彼女がいることはなんとなく知っていたが、ケアハウスに入る数週間前に改めて紹介された。恵子でなくて、恵。その名の通り、どこかさばさばした男っぽい女性だった。ぼんやりしている三男坊にはちょうどいいと思った。

「この後、会う」

「じゃあ、早く行きなさいよ」

いいよ、いいよ、と言いながらも、その言葉を合図のように正武は立ち上がった。

また来るよ、と言い残しながら。


三男・正武が来た翌週に、新しい介護士が入ってきた。

大沢未来という。未来と書いて、みき。そんな名前なのに、男だ。

さらに、そんな名前なのに、身長がやたらでかく、太っている。

「あんた、身長何センチだい」

昼食時に、老人にずけずけと尋ねられて、まるで悪いことをしているかのように身を縮めて「百八十三センチです……」と答えた。

その身長を聞いて、ピンとくるものがあった。

「あなた、体重は何キロ？」

まわりの老人たちがこちらを見ているのがわかった。信子はほとんど自分からは話さない。特に、人の個人的なことを質問するようなことはない。それがいきなり、最もプライベートといってもいい、体重を訊いたから、驚かれたのだろう。

人々に見つめられて、信子は顔が赤くなった。

「百三十キロです」

大沢はさらに背中を丸めて、ささやくように答えた。彼は信子が発言をすること自体がめずらしいなんて知らないから、そこには疑問を持っていないようだった。ただ、「生きててすみません」ではないが、「こんなに育ってすみません」と言いたげに、恐縮していた。

身長、体重、すべて伊集院と同じである。

食後、信子は少し離れたところから大沢を眺めた。

彼は新入りらしく、老人たちからいじられて、にこにこ答えている。

そうか……と思いながら、信子は彼を見る。

テレビの中の人間というのは、存外、本当の大きさというのがわからないものだ。伊集院は常々、ラジオで、実際に会った人から「大きいですね」と言われる、と語っていた。

確かに大きい。彼はよくダイエットをするから体重の増減は激しい人だけれど、百三十キロというのは、わりに多い時の体重ではないか、と思う。

伊集院さんは実際に見たら、あんな感じなのか、としげしげと眺めた。

それから、信子は大沢のことに興味を持って、彼の情報を少しずつ集めた。

体重を聞いてまわりから驚かれたので、こちらから彼について質問したりすることはないものの、「大沢」の名前が入った会話が聞こえると、草原の小動物のように耳をそばだてる。

結局、教室は「編み物」に入ることになった。

それなら、これまでもやってきたし、あと一か月ほどでクリスマスという季節でもあるので、マフラーでも編んで三男か孫にあげようか、と思ったのだ。

編み物教室は近所の手芸店の女店主が講師となって、五人の老婆が参加している。講師は大した講師料をもらえるわけではないようだけど、毛糸や編み棒の注文はその店にすることになるから、多少収入には貢献しているらしい。今は手芸する人が少ないから、こうして少しでも売り上げにつなげたいのだろう。

講師の女性は五十代の女で、そうセンスが悪いわけでもなく、変な毛糸を押し付けたりもしない。信子たち生徒が編みたいものを自由にやらせてくれ、それを指導する、という形でレッスンは進んでいる。
「大沢さん、大学院まで出ているんだって、知ってた？」
教室で一番、噂好きの話好き、得意になると目をぎょろりと動かすのが癖の神林と
いう老女が、息子のベストを編みながら言った。
信子は、紺色のマフラーを編みながら、はっとしてそちらに耳を向ける。いつもはう
るさい神林の声がありがたい。
「景気が少し良くなった、って言っても、まだ就職難だもんねえ。ケアハウスの介護士
の募集は三人だったのに、二百人も応募があって、大沢さん以外にも大学院卒の人が六
人もいたんだってよ。所長が、いくら学歴があっても、そんな人使えない、って皆落と
したんだけど、大沢さんだけは体が大きくて力持ちだし、三十前だし、性格がおとなし
くて優しそうだから、採ったんだって。ねえ。学士さんがあたしらの世話をするなん
て」
神林は誰もあいづちを打っていないのに勝手に、はははは、と笑う。
それは学士さんじゃなくて、修士さんでしょ、と信子は心の中で訂正してやった。大
学院の修士課程卒なら修士だし、ひょっとしたら博士論文を書いて、ドクターになって
いるかもしれない。
「大学院卒の人の就職は、高卒の人より、厳しいらしいね」

さもあらん。

「大沢さんは、なんだっけ？　国文科で、江戸時代の学者の……もともと……本居なんとか」

ああ、本居宣長か。

「その人は源氏物語の研究もしたんだってさ。その人の書いた、源氏についての本になんだか、三種類の本があるんだか、ないんだか、で、それを読んだり考えたりする勉強をしたんだってさ」

ニセ伊集院は大学院出、専門は本居宣長の研究、と信子は心に刻んだ。

入所して三週間目の土曜日に次男家族がやってきた。

ここの家族は入所が決まった時には、専業主婦の嫁が泣いていたのに、面会に来るのは遅い。さらに、毎週、次男の正志がメールで面会に来られない理由（息子の野球の大会がある、妻が熱を出した等々）を長々と送ってくるので、うるさい。

そんなこと、連絡してくる必要ないのに。

何度もそう言ってやったのに、彼には聞こえていないようだ。

信子は昼食後に食堂でぼんやりしていた。以前はご飯が終わるとすぐに部屋に引っ込んでラジオを聴いていたのだが、最近は大沢を観察していることが多い。彼は仕事を要領よくこなすことができず、よく入所者や同僚に叱られている。場に慣れるのが不得意な人間なんだろう、と信子はいつもはらはらする。目が離せない。

そんな時、次男夫婦が、介護士に案内されて入ってきた。

「お義母さん！」

嫁がいきなり大声を出す。彼女は中高と、バレーボール部だったと結婚式の日、スピーチの友人が言っていた。毎日「フォー！」とか「オーライ！」とか声を張り上げていたクチだろう。その声で叫ぶのだからたまらない。

皆が見るのに……信子が注意する前に、家族四人が近づいてきて、正志が上の息子をうながす。

「母さん、この子が手紙を書いてきたから、聞いてくれ」

え？　と思う間もなく、せかされた孫が半ズボンのポケットから折りたたんだ紙を取り出し、「ぼくのおばあちゃん！　四年三組　河西蒼佑！」と大声で読み上げ始めた。

「ちょっと待って！　私の部屋に行きましょう」と、さえぎった。

「ぼくのおばあちゃんは七十才です！　前はぼくの家の近くに住んでいたけど……」と読み始めていた孫は不満そうな顔をした。

「ここは他の人がいるから……ね」

そう、ケアハウスにはたくさんの人がいる。中にはほとんど誰も面会に来ない老人もいる。人の前で自慢げに家族を見せびらかす人間もいるが、信子自身はご免こうむりたい。

嫉妬されるのが嫌なわけではない。そこにあるのかないのか定かでさえない「幸せのようなもの」を見せびらかすのは恥ずかしい、みっともないと思うのだ。

それは、ラジオが教えてくれたことだ。

いや、昔から信子にはそういう傾向があった。だけど、ずっと心にふたをして、他人と同じようにふるまってきた。それをラジオが教えてくれた。ラジオで聴いた時、本当にその通りだ、自分はずっとそう思ってたのだ、と気がついた。

自分と同じだ、と思わせるのが、ラジオで話す人たちの「腕」なのだとはわかっていても。

「さあ、ここで読んでちょうだい」

四畳半の部屋に座るところもなく案内されて、彼らは一様に居心地悪そうに顔を見合わせた。

「今、人に椅子を持ってこさせるから」

孫たちはベッドに座らせて、介護士に電話し、椅子を人数分用意させた。そこに座っても、彼らにさっきの勢いはない。どこか、出鼻をくじかれたようだった。

「……母さん、大丈夫？　なんか、困ったこととかないの？」

そりゃあ、困ったことはある。

夜中、信子は一晩に二回はトイレに行く。その時、いちいち部屋の外に出るのがおっくうでたまらない。自宅と違って誰が見ているのかわからないのだから、あまりみっともないかっこうはできないし。だけど、トイレ付きの部屋に移るほどの予算はないから仕方がない。食事が単調で、あまりおいしくない。時々、自分で作れたら……と思うことがある。テレビで暮らしのミニ情報をやっている。例えば上手な豆の煮方、風呂のカビの取り方、年末に旅行に行く時お隣さんにどう声をかけるか……そんなものを観ている時にふっとどこかにメモをしなきゃ、と考えて、むなしくなる。こんな情報、もう自分には必要ないのだ、永久に。

けれど、それをここで話してなんになろうか。

自分の生活や人生をより良くするための知識がもう二度と必要ない暮らし。そこまで自分は来てしまったのだから。

「大丈夫。何もないわよ」

信子は笑う。

老人こそ笑わなければならない。笑うことが必要ない時にも。

「正志兄さんがさ、母さんがかわいそうだって、泣きながら電話して来たよ」

三男の正武が教えてくれた。

背広にコート姿なのは、今が平日の八時、勤めている中学校が終わったあと来てくれたからだ。面会は七時までなのだが、特別に許可してもらった。

「あらまあ」

「部屋が狭すぎて、息が詰まりそうだったって」

「そりゃあ、家族四人で来れば狭いわよ」

「どうしたらいいのか、って僕と正人兄さんに交互に電話してきた。正人兄さんが適当に返事したらしくて、最後には兄さんは冷たいって言って、けんかになったらしい」

「もー」

思わず、迷惑顔になってしまう。

「それで、僕が面会に行って、母さんの話を聞いてくるってことになったんだけど」

僕が身軽で暇だってことになって、と正武が説明する。

「ほっとけばいいの。あの子はすぐ感情的になるけど、しばらくしたらけろっと忘れるから。里恵(さとえ)さんがうまくなだめてくれるでしょ」

次男の嫁の名前を出すと、ははは、と三男が笑った。

二人で次男のことを笑っていても、本当はあの子が一番優しい子だというのを、信子はよくわかっている。いつも母親のことを気遣ってくれる子だった。小学校に入ったばかりの頃、放課後、なかなかお友達と遊ばないので、「どうしてお外で遊ばないの？」と尋ねると、「だって、ぼくが行っちゃったら、母さんが一人になってしまうでしょ」と泣きそうな顔で言った。

マザコンだと言われればそうかもしれないが、それと同じくらい、妻のことも大切にしていい家庭を築いているのもわかる。

その優しさが少々見当違いでも。

「私から里恵さんに電話しておく」

「なんて言うの」

「上手になだめてやってくれって。あの子のことは里恵さんが誰よりわかっているんだからって言えば」

「なるほどね」

「なるほどって何よ」

「いや、母さんはそうやって、もう何もかもお嫁さんにお願いして、なんだかんだ、兄さんたちのことをやらせてしまう」

「私がしゃしゃり出たってしょうがないじゃない」

「……僕が結婚したら、同じように嫁さんに頼むの？」

三男・正武の声が少し変わって、信子は、おや？　と彼の顔を見る。

「そりゃあ、そうよ。私はいつまでも生きていられるわけじゃないもの。最終的には夫婦二人でなんでも決めて、処理していくのよ。それしかないのよ」

彼は黙った。

信子がラジオに、それも深夜ラジオにはまっている、ということを知っているのは、正武だけだ。

ばれたのは、彼が中学三年生の時、二十年近く前だった。

彼が生まれた頃から、夫とは寝室を別にしていた。正武の世話もあったし、夫のいびきもうるさい、というのがその理由で、子供たちに子供部屋を用意できる家に移った後も戻さなかった。

ラジオは夜中起きて、台所で聴いていた。

「母さん、いつも、夜、ラジオを聴いているんだね」

ある日、めずらしく二人きりで晩ご飯を食べている時に指摘されて、あまりの驚きにしばらく返事ができなかった。

「知ってるよ。他の人は知らないかもしれないけど」

「……ごめんね、うるさかった？」

「ううん。大丈夫。でも、夜、ラジオを聴くのって、姉さんが死んじゃったから？」

「え」

「僕と兄ちゃんの間に、本当は生まれるはずだった姉さんがいるんでしょ」

その話は改めて、正武や家族の間でしたことはなかった。けれど、口止めしていたわけではないから、親戚か誰かに聞いていたのかもしれない。

「あの子のことは関係ないわ」

「本当？」

正武は上目遣いにこちらをじっと見た。

「絶対、関係ない。おもしろいから聴いているだけ。あなたも、聴いたらわかる。伊集院さんのラジオ、聴いてみて」

数か月して、彼は「わかった」と言った。

「母さんがただ、ラジオ好きだってわかったよ。あんなばかばかしいもの、楽しみのためじゃないと聴いてられないよね……僕も聴くことにした」

そして、にやりと笑った。

それから、三男とは妙な共犯関係が続いた。

歳を経るにつれ、彼はFMに詳しくなったので、さらにさまざまなラジオ番組を知ることができた。朝はジョン・カビラのラジオを聴くようになったし、ロケットマン・ショーも教えてもらったし、サンボマスターのラジオが「たけし、そっくりらしいよ」と耳打ちしてくれたのも彼だった。まだ有名になる前のPerfumeの歌をいち早く聴いたのは、木村カエラのＦＭラジオだった。ある時、木村カエラが新幹線の遅れで番組を遅刻した時、ゲストのＰｅｒｆｕｍｅが代打でＭＣを務めた。そんな緊急事態なのに、ずいぶん落ち着いたお嬢さんたちだこと、と感心していたら、あっという間に売れた。

二十年間のことを思い出して、ぼんやりしている信子に正武が言った。

「そうか。やっぱり、結婚したら、母さんの中ではそうなっちゃうのか」

「そうなっちゃうって」

「お嫁さんに任せるって言ったら、聞こえはいいけどさ、結局、あれだよね。結婚したら、母さんは僕たちを向こう側に追いやって、自分の中には入れなくしてしまう」

正武の諦念といったものを滲ませた顔を見て、信子は少し慌てた。

「そんなことない。別に何も変わらないわよ。だいたい、息子と母親なんて、そのぐらいがちょうどいいのよ」

「まあ、もともと、母さんの脇にいるのは、姉さんだけだしね」

え？

「あの時、母さん、嘘ついたよね。僕がラジオについて尋ねた時」

「嘘って……」

「母さんは、いつもずっと、亡くなった姉さんと話していた。姉さんしか、自分の中に入れなかった。ラジオについて話すことで、僕は母さんの近くにいようとしたけど、少しでも長く母さんとつながっていようとしていたけど、無理だった」

まあ、三十三の男が言うことじゃないけどね、と彼は薄く笑った。

信子は驚きすぎて、声が出なかった。

「母さんがずっと心の中でつぶやいているの、気がついていないと思ってる？　ラジオみたいに。そして、それはずっと姉さんに向けて話しかけられているって」

そんなふうに思っていたの。信子はやっとそう言った。けれど、言ったと思ったのは、自分の心の中だけで、声には出ていなかった。それで気がついた。

自分はもしかしたら、自分が思っていた、半分も言葉を声にしていなかったのかもしれない。心の中で毒づいている言葉だけではなく、自分では生きている人間に向かって言っているつもりの言葉を、ずっと流産した長女に話しかけていて。

彼女を亡くした後、ラジオを知り、確かにずっとラジオみたいに話しかけていた。

私の中の、心のラジオ。

だから、どこにいてもさびしくなかった。夫のいない一軒家だろうが、ケアハウスだろうが。

私と娘、同行二人。

「恵と結婚しようと思っている。プロポーズはまだだけど」

「……よかったわね」

「だから、これを指摘するかしないか、ずっと迷っていた。僕が言うことで、母さんの中の姉さんが消えてしまったら、母さんは一人になってしまう」

次男と同じだ。

僕が遊びに行ってしまったら、母さんが一人になってしまうでしょ。

男の子は皆、同じ。母親に優しい。

だけど、娘は。亡くなった娘はずっと自分のそばにいてくれる。

「私は大丈夫」

「だから、僕らのことも近くにおいてよ。そしたら、何があっても一緒だから」

返事ができない信子の肩を、ぽんぽん、と叩いて、彼は帰って行った。

その叩き方、ずいぶん、大人になったものだ、と信子は思った。

正武が来た翌朝、朝ご飯に起きられなくて、十時頃、ぼんやり食堂に行ったら、「めずらしいですね、河西さんが寝坊なんて」と大沢に声をかけられた。

昨日は月曜日で、久しぶりに伊集院の「深夜の馬鹿力」をリアルタイムで午前三時まで聴いていたのだ。

信子は顔を上げて、彼を見た。にこやかに笑っている。

ああこの人も、知らないうちに大人になっている。ここに馴染めていなくて、あんなにはらはらさせられたのに、こうして平気で年寄りに声をかけられるようになったのだ。

皆、先に進む。ここにずっと居続けているのは、私だけだ。

彼が椅子を引いてくれて、信子は座った。

「どうします？　朝ご飯。おにぎりでも作ってきてもらいましょうか？　それともお昼まで待ちます？」

彼はしゃがみ込んで、信子の目線に合わせて話してくれた。

まるで、子供か老人に話しかけるみたいにゆっくり話す、と思った。そして、自分も老人なのだ、と気づきおかしくなった。

「あのね、立ってくれる？」

「え？」

「あなた、立ち上がってくれる？」

少し不思議そうに、だけど、入居者の言うことには逆らわないと決めているから、という顔つきで、彼は立ち上がった。

「あなたとは、いつか、どこかで会えたらいいな、と思っていたの」

「え？」

いいから黙ってて、と小さくつぶやき、唇に指を当てて「しっ」とささやく。彼は素直に黙った。

「でもね、あなたは恥ずかしがり屋さんでしょう。ファンと会えるようなイベントはないし、ファンにも外で会っても声をかけないでくれって言っているし……こんなお婆さんが話しかけても迷惑だろうし」

信子が顔を上げると、大沢はきょとんとした顔でこちらを見下ろしている。

「でもね、もう、あなたに会うことはなさそう。私はもうここから出られないから。もう会えない、ということはわかっているの。こんなことを言っていても、頭がおかしくなったわけではないの」

信子はもう一度、すぐ終わるから黙っててね、と大沢にささやいた。彼はこくんとうなずいた。

「それでも、死ぬ前に一つだけ、言っておきたいことがある。あれは、震災の年だった。あなたは奥様の実家の関西の方に行ってらした」

あの日の、フリートークは秀逸だった。

伊集院は近所のお寺に遊びに行き、その家で飼っている老犬と遊んだ。老犬はもうよぼよぼに弱っていて、目がほとんど見えなくなっていた。ただ、そういう動物の常で、もともと嗅覚がするどい犬がさらに鼻が利くようになっていて、ちょっとしたものの匂いに激しく反応した。

伊集院は遊び心を出して、ちょっとおならをしてみた。彼は以前から、かなりくさいおならを出せるのだ、とラジオでよく話していた。もちろん、老犬はすぐに気がつき、伊集院の方に寄って来た。彼はさらに、庭を歩きながら、少しずつおならを出してみた。すると、老犬は不自由な脚を動かしながら、見えない目を向け、ただ、臭いを頼りに伊集院のあとを追ってきた。

「俺、その時、なんだか、よくわからない気持ちになって、ちょっと泣いちゃったんだよね」と告げて、彼はトークを結んだ。

「あの話、とてもよかった。特に震災の後でもあったし、何か妙な空気感と深夜の高揚感があって、私も泣いた」

信子はニセ伊集院の大きな腹のあたりにそっと手をかける。

「あれから、時々、あの犬のことを考えるようになった。その庭の様子、普通の家の庭より少し広くて、だけど、隅の方に野菜畑なんかもあって、お寺とは別に母屋があって……それがあなたのフリートークから導き出されたものなのか、それとも私が勝手に想像したものなのかもよくわからない。ただ、そういう風景が導き出されてきて、そして、土の匂いがして、私は……」

信子は一度、息を吸った。

「私もあの場所にいたような気がする。私はもう草原を走り回ることはできない、和歌山のお寺まで行ってその犬を見ることはできない。だけど、あなたの言葉を聞いているとそこに飛んで行けるの」

ね、と言って少し黙ったけど、大沢は何も言わないでいてくれた。

「だから、私はもう怖くはないのです。ただ、あなた、お元気で、いつまでもお元気で長生きして。それだけを望んでいる。お元気で、一日でも一分でも長く、ラジオを聴かせてください。そして、私を遠くまで連れて行って」

信子はしばらく黙っていた。もう、言いたいことは全部言った。

「あの、もう、いいですか」

顔を上げると、そこには大沢がいて、不思議そうな顔でこちらをのぞきこんでいた。

「もう、いいわ、ありがとう」

「そうですか。あの」

「何」

「こんなことでよければ、いつでも言ってください。それに、どこにも行けないなんて、とんでもない。河西さんはまだまだお元気ですよ」

彼はにっこり笑って、出て行った。たぶん、あんまり長居したり、どういう意味ですか、などと聞いたりしたら、信子が気恥ずかしい思いをすることがわかっているのだろう。

ニセでも、伊集院はなかなか、いい男だった。

三男がまた、現れた。

土曜日の、朝食も終わった時間だった。信子は食堂で他の老人と一緒に、テレビを観ていた。タレントが何やら、街歩きをしたり、旅に行ったりする番組だ。

「驚いた」

彼はそう言いながら、彼女の隣に座った。

「母さんが、テレビを観ているなんて。他の人と一緒に」

「いけない？」

「いや。でも、母さんのそんな姿、初めて見たから」

「テレビぐらい観させてよ」

「もちろん、いいけどさ」

三男も黙って観ていた。

「おもしろいの？」

しばらくして、彼が言った。

「おもしろいわよ」

「他人が旅行したり、うまいものを食っているだけで？」

「いいじゃない。もう、自分は行けないのだもの。偉そうに説教したり、暮らしの豆知識を増やすような番組よりいいわよ」

「そう」

「恵さんとはもう、決めたの？　結婚」

「ああ、まあ、そろそろ」

「そろそろ、と言ってからが長いんだから、あなたは」

正武が苦笑した。「まあね」

「……ラジオ聴く？」

「え？」

「一緒にラジオでも聴く？」

「……いいの？」

そう、今まで、彼とも誰ともラジオを聴いたことはなかった。あれは人と、共有するものではないと思っていたから。

でも、信子にはわかったのだ。ニセ伊集院と話して。

ずっとラジオを聴いて、長女に話しかけ、他の人を拒絶していた。

ニセ伊集院と話した後、実はダンスのクラスに入ることにしてみた。彼に「まだ元気ですよ」と言われたからだ、というのを認めるのはちょっと抵抗があるけど。

「この間、オードリーのピンクのチョッキを着たおぼっちゃんが、中学時代に伊集院さんのラジオを友達と一緒に聴いていたという話をしていたから。皆で聴くのも、いいかもしれない」

「本当にいいの？」

正武はどこか怖そうに言った。

「ほら、あれ、タブレットのユー」

「ユーチユーブ？」

「そう。たけしのラジオでも聴いてみる？ あなた、聴いたことないでしょ」

「嫌だって言ってたのに」

「でも、もう、やってないものなら、まあ許されるかもしれないと思って」

「じゃあ、そうしようか」

信子は息子の腕を借りて立ち上がった。

「え？ 何？」

正武は信子の口に耳を寄せて尋ねた。ささやいた言葉が聞こえなかったのだろう。

「いいわよ、もう、いいの。聞こえなかったら」

二人は歩き出した。

信子はやっぱり、もう一度、口に出すことにした。

「これからでも、変われるかしら、私」

「え」

自分は思っていた以上に不器用な人間だった。人に何も言っていなかった。何も伝わっていなかった。だけど、今、それを言わなかったら、今までと変わらない。

やっと、それに気がついた。

第2話

アブラヤシの
プランテーションで

バス停に定められた場所は、オーチャード通りから一本路地を入った、古い雑居ビルの前だった。黄色く塗られたビルは壁が所々剝がれ落ちて、灰色の地が見えている。そのうら寂れた様子に、筒井裕也は新宿を思い出し、長距離バスの発着所というのは、どの国も似ているもんだな、と少しおかしくなった。

裕也の他には四人組の若いシンガポーリアンがすでに並んでいた。男女二人ずつで、ダブルデートの様相。中国系が二人、オーストラリア人と思しき白人女性とインド系男性。小旅行なのか、先ほどから、中国系の女がきゃあきゃあ、はしゃいでいる。同じく中国系の男が、ご丁寧にシンガポール大学のTシャツを着ていた。

日本では掃いて捨てるほどいる大学生も、この国では数少ないエリートだから、どこか態度がでかい。日本の東大以上に評価の高い、シンガポール大学なら尚更だろう。彼らは子供の頃から、他の生徒とはまったく別の待遇を受けてここまで来たのだから。

他に一人きりのマレーシア系中年女性。荷物が多く、大きなリュックの他に、ボストンバッグを二つ提げている。どれもパンパンに物が詰まっている。もしかしたら、里帰りするメイドなのかもしれない。

停留所だけを確認して、発車時刻までビルの中をぶらぶらすることにした。まだ朝早いからか、麺の屋台とカヤトーストの屋台、煙草屋しか開いていない。朝食代わりに麺をすすっていこうかと考えて、自分が少しも腹が減っていない、ということに気づく。いや、むしろ吐き気さえしている。ぶらぶらとは見せかけで、本当は見知った顔がないか、追っ手がいないか、それを確かめていたのだ。

まあ、気がつかれるはずもない。昨日まで何事もないかのように働いていたのだから。さまざまな機材はそのまま捨て置いてきて、先月までの家賃は払ってある。追っ手がかからない、ぎりぎりのラインは保持していると思う。けれど、ここは異国の地だから、そのあたりのことはよくわからない。

腕にはめている、Gショックを見る。六時半を指していた。そろそろ、副店長のリーが「店長が来ない」と怪しみだしているところか。

カヤトーストの屋台で、コーヒーだけ飲もう、と思った。飲みたいのではない。コーヒーも飲めないほどに自分が緊張していると思いたくなかったのだ。

「コピ、プリーズ」

ぼんやり注文して、中国系の老女が紙コップに高い位置からコーヒーをざあっと注ぎ込むのを見た瞬間、砂糖とミルクを入れないでくれ、と言うのを忘れたことに気がついた。

コピオーが練乳なしの砂糖あり、コピシーが砂糖なしの練乳あり、コピオーコソンがブラックコーヒー。そんな注文の仕方にやっと慣れてきたところだった。

言い直すのも面倒で、そのまま、口をつける。頭がくらくらするほど甘く濃い、東南アジア特有のコーヒーが流れ込んでくる。くらくらするのは大げさでないかもしれない。昨夜から何も食べていないところに、血糖値がどっと上がるものを飲んでいるのだから。

それでも、一気に飲み込んで、紙コップをその場に捨て、停留所に戻った。

待っている面子に変わりはなかった。大型バスにこれだけしか乗らないのかと思っていたら、発車直前に中国系の男たちがざわざわと乗ってきた。それでも、バスの乗客は十人にも満たない。

裕也は真ん中付近の席に座った。あたりには誰もいない。のんびりした旅行ができそうだった。

精神的にはとても、のんびり、とはいかないけれど。

お前はいつもぎりぎりのラインを攻めるよな。怒られない、ドロップアウトしない、殺されない、ぎりぎりのラインを。

高校時代の友達の言葉だ。

中学受験をして入った、私立の進学校だ。勉強はそんなに好きじゃなかったけれど、小学四年の時から塾に通わされ、そこでできた友達といるのが楽しくて、皆と同じ学校に行きたいと勉強しているうちになんとなく合格できた。

あのあたりが、自分の人生の頂点だったのかもしれない。

その学校で、成績は下から三分の一ぐらい、本当にドロップアウトするぎりぎりで、一浪して東京の私大に入った。なんとか人に言っても恥ずかしくない程度の学校に。

大学卒業年が最悪だった。景気がどん底で、就職のひどく厳しい年だった。

裕也には何もなかった。そこそこの大学卒というほかは、中高の部活も、サークル活動も、ボランティア活動も。ただ、学生時代に大学近くの有名ラーメン店でアルバイトをしていた。

それだけはみっちり四年間、やりとげたことだった。最初は掃除と接客のみだったのが、フロアを任されるようになり、最終的には厨房で湯切りを教えられるまでになった。店長が「その気なら、支店をまかせてもいいぞ」と冗談で言ってくれるほどだった。だから、面接ではしがみつくように主張した。それでも、ろくな就職先がなく、やっと得た職業は小さな証券会社の営業だった。

ノルマが厳しくて毎日のように先輩や上司に怒鳴られ、一か月でやめたくなった。けれど、これまで自分の生き方にほとんど口出ししてこなかった、メーカー勤務の父親(高専を卒業した技術畑だ)が「会社は三年はやめるな。少なくとも一年はやめるな。

それだけやって、やっとその仕事のおもしろさ、自分の向き不向きがわかってくる」と言った。普段、おとなしい父親の言葉に、裕也はビビって従った。そして、きっかり一年で退職した時には、父親はもう何も言わなかった。

それから九年、さまざまなことをしてきた。たくさんのバイトをしながら、一時、お笑い学校の門をたたいて芸人を目指したこともあったし、有名なお笑い芸人が通ったというシナリオ学校に通って劇作家を目指したこともあった。放送作家の学校に籍を置いたこともあった。結構、器用で、お笑い学校でもシナリオ学校でも、放送作家の学校でも「他の人と違う感性がある」と先生にも褒められ、同じクラスの女に「筒井さんに憧れてます。書くものが大好きなんです」と告白されたりした。けれど、なぜか、それ以上になれなかった。R-1グランプリも、シナリオコンクールも一次選考さえ通ることができなかったし、放送作家の事務所のオーディションにも受からなかった。

教室に通うことは楽しかった。友達がたくさんできて、よく飲みに行った。飲むと必ず、売れている芸人や、放送されているドラマ、バラエティーをけちょんけちょんにけなして盛り上がった。

シナリオ学校の教室に、ただまじめに毎週課題を提出しているだけの、主婦で子持ちの四十女がいた。大学生や二十代のフリーターがほとんどの昼間の教室では浮いた存在で、そのシナリオも、裕也にはただ「普通の話」で、一度もおもしろいと思えなかった。

ある時、「おもしろくて独創的」だとクラスの皆から大絶賛を浴びたシナリオを、その女は「おもしろいです。宮藤官九郎と会話の流れがそっくりで」と小さな声で感想を言った。彼女の唇の端にはめずらしく笑みが浮かんでいたが、それは自分を嘲笑っているようにしか見えなかった。クドカンのセリフまわしを真似したことは裕也が一番わかっていることだった。称賛の声にその意見はかき消されたが、裕也には、いつまでも取れないのどに刺さった魚の骨のように身に堪えた。

彼女がNHKのテレビドラマ大賞の佳作を取った、というニュースを聞いた頃だろうか、裕也が、高校時代の友達から「シンガポールのラーメン屋で店長をしてくれる男を探している」という話を聞いたのは。

バスは三十分ほど走って、シンガポールとマレーシアの国境に着いた。

陸路で国境を越えるのは、裕也には生まれて初めての経験だった。島国の日本人だとなかなか機会がないもんなあ、とその白い建物を見上げながら思った。シンガポールも島国だけど、マレーシアとは橋でつながっている。

そこには、裕也が乗っているような大型バスや、観光バス、路線バスなどがずらりと並んでいた。

ジョホールバル行きの路線バスはぎっしりと客を乗せていて、立っている乗客も多い。

シンガポールからジョホールバルは一時間足らずだから通勤が可能な距離でもあるが、カジュアルな国境越えは日本人にはめずらしく映る。

マレーシア系のバスの運転手がマイクで何か怒鳴った。なまりの強い英語だった。たぶん、パスポートチェックを終えたら、その先で待っているから、とかなんとか言っているのだろう。トイレは済ませろとかも。正直よくわからなかったが、前の人間についていけばなんとかなるだろうと、シンガポール大学の学生たちのあとに、おかしく思われない程度の距離をとって近づいた。

日頃、この国の尊大な大学生たちを毛嫌いしておきながら、こういう時はやっぱり頼るのだな、と自嘲する。

荷物をすべて持って立ち上がると、バスを降りる時に運転手に声をかけられた。裕也の荷物を指さして何か激しく怒鳴っている。何を言っているのかよくわからない。彼の怒鳴り声に当惑していると、前のオーストラリア人みたいな女が振り返って、きれいな英語で言い直してくれた。荷物はバスの中に置いていっていいのよ、と言っているらしい。慌てて、自分の席にスーツケースだけ置いて、バスを降りた。

目印にしようと思った大学生たちはすでに先に行ってしまっている。しかも、さっき、荷物のことで一悶着あったから、彼らのあとをつけていったら、気がつかれてしまいそうだ。ちっと小さく舌打ちして、歳取った中国系シンガポール人たちの後ろについた。

建物に入るといきなり長いエレベーターがあって、それで上がっていくと空港で見慣れた、風呂屋の番台のようなカウンターが並んでいる。その一つ一つに不機嫌そうな役人たちが座っていた。

なあんだ、空港のイミグレと同じじゃないか、と肩透かしを喰らいながら、一方で当たり前か、とも思った。乗り物がバスか、飛行機かが違うだけで国境を越えることは何ら変わりがないのだ。

そこを抜けてもう一度バスに乗り込むと、橋を渡ってすぐにマレーシア側についた。国境のところに機関銃を持った兵士たちがたくさんいた。

マレーシア側に着くと、また同じようにバスが止まり、今度は荷物を持って建物に入る。パスポートと荷物の検査をして、またバスに戻った。

マレーシアに入国した、と実感したのは、トイレが汚かったのと、個室のトイレの中に水が出るホースがあったことだ。イスラム教徒が用を足した後、手を洗うためのものだろう。シンガポールよりマレーシアはイスラム教徒が多いから。

バスに乗り込むと、ちょっとほっとした。これから、マラッカまではノンストップで走っていくはずだ。

ラーメン屋の話は高校時代の友達から回ってきた。

うちの学校のOBが、シンガポールでラーメン屋をやってくれる男を探しているらしい。ラーメン屋の経験はそんなになくてもいいから、ラグビー部かアメフト部か野球部か……とにかく体育会系のやつを探しているって。

電話で聞いた話はどこまでもつかみどころがなかった。

「なんで、俺に電話してきたんだ」

「だってほら、うちの学校の体育会系で就職してないのなんていないし」

相手は駒田（こまだ）という野球選手と同じ名前なのにサッカー部のやつで、関西の国立大学を卒業した後、損保に勤めている。

悪気はない言葉なんだろうけど、ちょっと胸がざわついた。

「俺、体育会系じゃないよ」

「なんか入ってたじゃん。最初だけ、バドミントン部にいなかったっけ？」

「よく覚えているな」

一か月だけで、すぐにやめた。嫌な思い出の一つだ。その時も父親はがっかりした顔をしていたっけ。あの人は、ただ、長く続ける、ということに価値を見出す男だから。それしか誇れるものがないし。

「じゃあ、大丈夫だよ。一応、体育会系に所属してたんだから」

「そんなわけにいくかあ？」

「とにかく、誰か紹介してほしいって、アメフトの石井先輩に頼まれちゃったんだよ。なんか、仕事先の人にどうしてもって言われたんだって」

石井は一年上のアメフト部の主将だった。大学では一時、全日本にも選ばれたはずだ。

「石井先輩ってどこに勤めているの？」

駒田がこともなげに言ったのは、超大手の商社だった。

「なんか、石井先輩、東南アジア系の米関係の輸出入を一手に引き受けているらしいんだけど、その日本の大切な取引先の社長の親戚がそういう人を探しているらしいんだよ」

ますますあやしくなってきた。

「とにかく、一度、シンガポールに招待したいってさ。そこで、いろいろラーメンを食べながら、相談したいって。もちろん、その人持ちでさ。合わなかったら、断ってもいいんだから。シンガポールにただで旅行に行けると思ったらいいじゃないか」

熱心な勧誘に、「じゃあ、ちょっと話を聞くだけ」としぶしぶ承諾した。けれど、それはいまだにふらふらしている自分に声をかけてくれた旧友に対するポーズもあって、どこか「おもしろそうかも」という気持ちがないわけではなかった。

けれど、その気持ちも、「途中退部ってことは、絶対に内緒だから。バドミントン部にずっといたってことにしておけよ。俺も話を合わせとくから」とすかさず駒田が言ったことで少し萎えた。

小柳という男に会ったのは、新橋の雑居ビルの一階にある喫茶店だった。

「筒井さんは有名店で修業したこともある、と聞いてますが」

小柳はなんとも貧相な男だった。五十前後だろうか、痩身によれた背広を着ていて、目の周りが黒ずんでいる。本当にこんな男がシンガポールで出資してラーメン屋を始められるのか。

しかも、彼はもう一人、ヤンという中国系シンガポール人を連れてきていた。二人でお金を出し合って、会社を立ち上げるらしい。ヤンは身長百八十センチ以上の長身の男だった。目が糸のように細く、無表情で何を考えているのかわからない。

「そんな専門的でエリートな方には、申し訳ないような仕事かもしれないけど」

出資するのだから、そんなに卑屈にならなくてもいいのに、小柳は、ひっひっと声を上げて笑った。

自分はエリートではない、と言おうとしたけど、小柳は、進学校の卒業生は皆エリートだと思いこんでいるらしかった。小柳さんはうちの学校の卒業生なのですか、と尋ねると、まあ途中までは、と謎の答えを返した。どうも、内部進学の試験に落ちた、ということらしかった。そのために あの高校の卒業生にコンプレックスがあるらしい。OBと聞いていたのに。

その席に、駒田も紹介者の石井先輩も来なかった。当たり前のように場所と時間だけを告げられ、三人で会った。裕也は自分もひっくるめて軽く扱われているような気がした。もしくは、石井先輩もあまり関わりたくないのかもしれない。

その席で具体的な話は出なかった。ただ、小柳は、自分はアジアをよく知っているのだ、とくり返し言った。日本の大学にどこも受からずオーストラリアに留学目的で渡り、アジアを旅した後、日本企業とシンガポールをつなぐコンサルタント業のようなものを始めたらしかった。

「私は親戚たちのようなエリートではないけど、ここの人脈と度胸はあるんですよ」と何度も言った。

日本の親戚や家族に対する、コンプレックスと自負心が入り混じった男だった。

自分で商売をするのは初めてのようなのに、シンガポールを皮切りに、ゆくゆくはアジア、世界にと展開して……とやたらと大きな話が出た。そして、とにかく、シンガポールに一度行って、いろいろな店のラーメンを食べてもらって、筒井さんの考えも聞いて……と小柳は誘った。ヤンはじっと黙って、裕也の顔を見ていた。彼と小柳は中国のどこかの街で出会ったらしかった。何度聞いてもその地名は聞き取れなかった。

あの時、断る、という道もあったのだ。けれど、やっぱり、シンガポールにただで旅行に行けることに魅かれたのと、今も実家に住んでろくな定職にもついていない自分に引け目があったのだろう。

もしも……もしも、この話がうまくいって、世界的チェーンの創始者に自分がなれば、父親を少しは感心させられるだろうか。

「でも、小柳さんは経験者よりも、体育会系の人間がいいそうですね」

裕也はずっと不思議に思っていたことを口にした。

「そうです。小手先の技術は誰にでも習得できる。今はラーメン屋開業の教室やセミナーなんかもたくさんありますしね。でも、私はとにかく、ハート」と言いながら、彼は胸のあたりをこぶしで叩いた。「マインドが大切だと思うのです。海外に進出するなんて人はそれじゃないと。体育会系の人間はそこはしっかりしていますし、あの高校の卒業生なら頭脳、ブレインの方も保証されている」

「……マインド」

いろいろ疑問はあったが、とにかく、シンガポールに行ってみることになった。

小柳はいいかげんな男だし、商才もあったとは言えないが、あの「ハート」だか「マインド」だかは本当かもしれない。自分は体育会系の人間ではない。その証拠に、こうして、シンガポールから逃げ出そうとしている。

ふっと、バスが小道を走っていることに裕也は気がついた。

シンガポールを出てから一時間半ぐらい。ぼんやり窓の外を見ていても、ほとんど同じような高速道路の景色が続くので、うとうとし始めた矢先だった。

高速を下りたのだろうか。がたがたと車が揺れ、土の上を走っているのがわかった。バスは村の中に入っていく。道の両側に粗末な木の家がぽつんぽつんと建っている。どの家も庭は広く、ハンモックが吊るしてあったり、犬が放し飼いにされていたりする。どこからか、子供が現れて、こちらをじっと見ていた。

さらに、その民家の間に入って行き、家の軒先のような細い道を走った。

もうマラッカに着いたのだろうか。そんなわけはない、国境を越えてから二時間も経っていないのだから。

ほんの少し不安になって、バスの中を見回す。後ろに乗っている大学生たちは男女が折り重なるようにして眠っている。死んだようにピクリとも動かない。他の中国系の人たちも同じだった。前の方の席は見えないが、皆、ぐっすりと寝ているのだろう。

旅行中特有の感情が頭をもたげる。何か、とんでもないところに自分は来てしまったのではないか、どうして自分はここにいるのだろうという不安。その一方で、自分がここにいるなんて、誰も知らない、という妙な心の軽さ。

嫌いじゃなかった。こういう気持ちを、忘れていたような気がする。

急に大きな民家の前にバスが止まった。外を見ると派手な民族衣装を着た、女たちがずらりと並んでいる。

なんだか、おかしな気分になってきた。安っぽい竜宮城にでも着いたかのような。また、大学生たちの方を見るが、彼らは何の疑問もないようで、目を覚まして伸びをしたりしている。怪しい場所ではないのか。少し安心した。

バスの運転手がマイクを通して、「トイレ休憩だ」と告げ、疑問が解けた。

民家と見えたのは土産物屋だった。トイレを使わせる代わりに、土産物を売りつけようということなのだろう。ずいぶん雰囲気や規模は違うが、日本のサービスエリアとか道の駅と同じようなシステムらしい。その読み通り、トイレ休憩と言いながら、三十分後に出発だと言われた。

バスを降りると、女たちが寄ってきて、何やら紙を渡してくる。そこには「セール・ディスカウント・デューティーフリー」の文字があった。ニコニコと手招きをするのを振り切って、トイレに入った。

用を足して出てくると、また、女たちが裕也を囲んだ。

土産を買う気はさらさらなかったが、時間もあるので、導かれるままに店に入った。中も、日本の土産物屋を派手にしたような感じだった。なんとなく、見て回る。どういう味付けなのかわからないが、真っ黒に燻(いぶ)された茹で卵があって、同じバスの乗客が何人も試食をしていた。それから、茶やマンゴージュース、マンゴーを使った菓子、甘く柔らかいアジア風のビーフジャーキーなどが鮮やかな包装に包まれている。

一通り回り、試食品を食べた。ビーフジャーキーはシンガポールでも売っているものだが、ここではずっと安い。一瞬、買って帰ろうか、と思い、すぐに考え直した。

土産を買っていくような人はいないし、帰る場所もない。

次々と品物を勧める女たちを振り切って店の外に出た。バスの横で運転手がタバコを吸っている。それに目をやりながら、少し店から離れ、昨日、新しく買ったスマートフォンを取り出した。

「もしもし?」

知らない番号に明らかに警戒している渡瀬真由(わたせまゆ)の声が聞こえた。

「どちら様ですか?」

「俺」

「裕也?」

すぐにわかってくれたことにイラつきながらも、少しほっとした。自分にはまだつながっている場所がある。

「裕也? どうしたの?」

「元気?」

「まあね、どうしたの?」

いつもなら店で仕込みをしている時間だ。彼女が不思議がるのは当然だった。

「いろいろあって」と言ったら何も続かなくなった。

ただ、さっき、高速道路から下りただけで不安になり、誰かに連絡したくなったのだった。

「どうしたのよ」

「いろいろあって、ちょっとシンガポールを離れるけど、心配しなくていいから」

「え？」

「また、連絡するけど、誰かに俺がどこに行ったか聞かれても答えなくていいから。電話番号も教えるなよ」

「何？　どうしたの？」

「とにかく、誰にも俺のことは言うなよ」

「どこにいるの？　裕也」

その必死の声に、まるで映画のワンシーンのような光景が思い浮かんだ。悪者に囚われ、裕也の居場所を吐かされる真由。受話器を握って夢中になって怒鳴っている……バカな、と首を振った。ヤクザに追われているわけじゃないし。

「ジョホールバルのあたりかな」

シンガポールから橋を渡ってすぐの街がジョホールバルだ。

「ジョホールバル？　かんきの？」

「かんき？　何それ」

「サッカーのジョホールバルの歓喜の、ジョホールバルでしょ？」

「知らないよ、また、連絡する」

裕也、裕也、どうしたの？　まだ彼女の声が聞こえているのに、切った。

真由のような女がどうして裕也についてきてくれているのか、よくわからない。大学で知り合った。彼女は現役で合格しているから一つ年下だ。

入学直後だけ、同じお笑いサークルにいた。というのは、裕也がすぐにサークルに顔を出さなくなってしまったからだ。彼女はずっと裏方の仕事をしていた。地味な顔立ちで、前歯が少し出ていて、小柄でメガネをかけ、痩せぎすでただただ真面目だった。サークルの中で一度だけ、一人漫談を披露したことがある。当時の政権を揶揄（やゆ）したネタだったが、他の団員がほとんど笑わなかったのに、真由一人がころころ笑ってくれた。そして、終わった後、「あなたには才能がある」ときらきらした目で声をかけてきた。

あとで聞いたら、真由の父親が、裕也のネタと同じように、テレビのニュースを観ながら政治に文句を言うタイプらしい。

「パパと同じこと言っているんだもの、笑っちゃった」

では、ネタが気に入ったのではなくて、ファザコンだったのか、とちょっとがっかりした。

けれど、真由はそれから、ずっと裕也に尊敬を込めた態度で接してくる。最初の印象がそのまま続いているようだった。そんな彼女の視線に胡坐(あぐら)をかいてきたような気もする。

裕也は誕生日やクリスマスなどの記念日と行事だけはきっちりやるタイプだった。家で母親がそういうことにこだわる人だったので、普通だろうと思っていたのだが、真由にはそれもまたポイントが高いらしかった。「あなたといると、かっこがとれるし」と言われたことがあった。友達に彼氏がいるとちゃんと言える相手、クリスマス時期に一人にならなくてもいい相手。お互いに、お互いを利用していたのかもしれない。何度か別れても、また元に戻った。

就職の厳しい時期だったのに、彼女はきっちりと自然派化粧品の会社から内定をもらい、「あそこなら、産休も取れるし、産後の育児制度もしっかりしているの」と説明した。

それはもちろん、裕也との結婚を意識してのことだったと思う。

彼女は就職活動の傍ら、教育実習もし、地元である北関東の県の教員採用試験も受かっていた。ずいぶん悩んで、民間企業に決めた。

そんな時もいちいち裕也の意見を聞いた。

「真由の好きなようにしろよ」と言いながら、「やっぱり、民間の方がいいんじゃないの。給料もいいだろうし」とアドバイスすると嬉しそうな顔をした。自分に将来の期待を持っているのはわかっていた。

裕也が仕事をやめた時、お笑い芸人やらシナリオライターやらを目指している時、彼女は一言も文句を言わなかったし、反対したこともなかった。

顔以外はすべて完璧なのに、男を見る目だけはないんだな、と自嘲気味に思っていた。

いや、だからこそ、俺なのか。

シンガポールに行くと言った時、当然、別れを切り出されると思っていたのに、彼女は止めもしなかったし、困らせもしなかった。

「いつまで?」

ただ、それだけは聞いてきた。

「わからない。もしかしたら、ずっといることになるかもしれないし」

「そう」

寂しそうに微笑んだ。

「裕也にラーメン屋なんて、できるの?」と問うた後、慌てて、「ううん、結構合っているかも、裕也、皆に好かれるし」と言い直した。

「それが俺にでもできそうなんだよな」

意外なことだが、シンガポールに小柳と行った後、裕也の気持ちは盛り上がっていた。

「ちゃんとした店舗、というか、レストランのラーメン屋じゃないんだよ。フードコートって知ってる？　日本で言うと屋台村？　そういうラーメン屋なんだよ」

「博多みたいな？」

「ちょっと違うけど、まあ、規模はあんな感じかな」

彼女に説明してもきっとわからないだろう、と思った。東京とあの街では何もかもが違いすぎる。


休憩時間が終わると、またバスは走り出した。

もとの高速道路に戻る。本当に、あの土産物屋に寄るためだけに降りたんだな、と裕也は少しあきれた。二日前にネットでこのチケットを取った時、予定表には何も書いていなかったのに。

デイパックからｉＰｏｄを出してイヤホンを耳に挿し込んだ。これは日本を出る時、高校時代の友達、河西正武が餞別にくれたものだ。

あの時、友人たちは裕也をちゃんと壮行会もして送り出してくれた。シンガポールのラーメン屋の話を持ってきた駒田も、忙しいから行けるかどうかわからない、と言いながら、最後だけ顔を出してくれた。

河西は裕也の友達の中ではどちらかというとおとなしく、まじめな人間だ。大学でしっかりと教職を取って、今は中学の理科教師をしている。

そんな河西となぜ親しくなったのかというと、裕也のお笑い好きが関係している。高校時代もよく休み時間などにバラエティー番組の話をした。河西は人前であまりしゃべるほうじゃなかったが、時々、ふっと会話にマニアックなお笑いの情報を交ぜてくることがあって、なんだか変わった存在だった。

「……爆笑問題がたけし軍団とテレビで絡むことはないと思うよ。仲が悪いからね。昔、ラジオでいろいろあったらしい。ビートたけしと爆問は別に悪くないみたいだけど」だとか「あー、伊集院光は三遊亭一門出身だから」だとか、今ならそうめずらしくはないが、当時はあまり知られていなかった、やけに渋いネタを放り込んでくる。今のようにネットが発達した時代になる少し前で、高校生だったからそんな情報が入ってくるわけもなく、不思議だった。

ある時、二人きりになったのを見計らって、「どうしてそんなこと知ってるんだ？」と尋ねたら「僕はラジオを聴いてるんだ」と妙にはにかんだ笑顔で教えてくれた。

それから、河西から深夜ラジオの番組をいろいろ教えてもらった。裕也もしばらくは聴いたりしたけど、どうもあの機械の前に座ってじっと耳を傾けるということが苦手で、すぐに聴くのはやめてしまった。

けれど、河西とは付かず離れず、大学時代も就職後も、そして、お笑い学校に入った時も、ずっと関係を続けていた。スクールに入学しようとした時、すぐに賛成してくれ、熱心に相談に乗ってくれたのも彼だった。

「裕也は昔からおもしろいし、独自の視点があるから絶対合ってると思うよ」「吉本が一大勢力だけど、それだけに頭角を現すのはむずかしいだろうね。裕也には東京の笑いが合っているような気もするし、そうなると人力舎かなあ。事務所の雰囲気もよさそうだし。でも、すぐにテレビに出られそうなのはやっぱり吉本かなあ」

ただのラジオ好きの素人考えとはいえ、親身になってくれるのはありがたかった。

「本当はお前と組みたかったんだけどな」

裕也は河西をスクールにさりげなく誘ってみた。もちろん、彼が苦労して公立の中学校教員になったのは知っていたから、あまり期待はしていなかったが。

河西はみるみるうちに顔をほころばせた。

「そう言ってくれるだけで嬉しいよ。僕なんて、まるでおもしろみのない人間なのに」

「いや、昔からお笑いの話できるの、お前だけだったし」

でも、今の学校の仕事もうまくいっているから……彼は最後にそっと断った。

その河西が、なぜか、シンガポールに行くことだけは賛成してくれなかった。

「正直言って、裕也にあまり合っているように思えないんだ。そのパートナーの話もあやしいしね」

「だけど、お前が合っているって言った、お笑いも結局、うまくいかなかったけどな」

嫌味を言ったつもりはなかったのに、河西はぐっと黙ってしまった。けれど、すぐに言い返された。

「そんなにラーメン屋がやりたいなら、日本で修業して、日本で店を出せばいい。それからシンガポールにも出店したら」

「そんなのいつになるかわからないじゃないか」

彼が真剣に考えてくれているのはよくわかった。それでも、なんとなく距離ができてしまって、その壮行会で久しぶりに顔を合わせた。

河西は一番隅に座って、裕也が挨拶したり、皆から激励を受けるのをにこにこ見守っていた。それだけで、裕也は少しほっとした。

皆からは餞別に、名前入りの肉切り包丁をもらった。裕也がリクエストした有名店の品で、お金を出し合ってくれた。

会が終わり、店から駅に向かって歩いていると、河西が後ろから呼びかけてきた。

「これ」

ｉＰｏｄをむき出しのまま、手渡された。

「僕からの餞別」

「こんな高価なもの、受け取れないよ」

「いいんだ。初代iPodを別のに買い替えて、ずっと使ってなかったんだけど、不具合が出て、新品と取り換えになったんだ」

本当か嘘かわからないが、高校時代と変わらぬ、少し不器用な言い訳をして、裕也の手に握らせた。

「僕の好きな曲と……あと、深夜ラジオが入れてある。よかったら聞いてみて。気に入らなかったら、自分で他のを入れちゃっていいから」

「ありがとう」

そこから駅まで、もう仕事の話はせずに、昔みたいにお笑いの話をしながら帰った。

そのiPodはほとんど聴くことのないまま、捨て置かれていた。それを思い出す、余裕もなかった。久しぶりにスイッチを入れた。

クイーンの『伝説のチャンピオン』とかヴァン・ヘイレンの『ジャンプ』とか、べたな選曲の歌が並んでいた。

あいつは俺が失敗すると見越して、元気づけるために選んだんだな。

それに反発する気力もなく、窓に頭をもたせかけて目を閉じた。

一年前、小柳たちは、裕也をまず、オーチャード通りの「一風堂」に連れて行ってくれた。

大きくシックな内装のショッピングモールの中にある「一風堂」は日本の店舗よりもずっとおしゃれだった。黒を基調にして、テーブルの上には余計なものが一切置かれていない。モールの一階にはシャネルやヴィトンがあるような場所だから当然かもしれない。

三人でラーメンと餃子、ビールを注文した。

「如何(いかが)です？」

小柳が麺をすすっている裕也の顔を覗き込んできた。日本語がしゃべれないヤンはほとんど何も言わない。

「美味しいですね、普通に」

「一風堂」は麺もスープも、日本のそれと遜色ない味だった。ただ、わずかにスープが日本のものよりもあっさりしているような気がした。裕也はそう何度も「一風堂」に行ったことがあるわけではないので、遠い記憶の中から、かの店の味を思い出して答えた。

「少しスープが薄いかもしれない」

「さすが、筒井さん」

小柳は大げさに褒めた。

「シンガポール人の味覚に合わせているのでしょうか」

そのままだと、豚骨スープは獣臭いのかもしれない。

「さあ、私にはわかりません」

褒めたくせに、小柳は肩をすくめて、そっけなく答えた。

最後に、小柳はテーブルで飲食代を払って、その勘定書きを裕也に見せた。ラーメンが十六・五シンガポールドル、餃子が八ドル、ビールが一杯八ドル、それに税金とテーブルチャージ。ラーメン三杯、餃子一枚、ビール三杯の料金は、税金も含め日本円で八千円ほどになった。

「八千円？　ラーメンで八千円？　高いですね」

「そうでしょう。それを覚えておいてください」

おごったことを恩に着せるつもりかな、と裕也は少し鬱陶（うっとう）しく感じながら立ち上がった。

次に行ったのは、ブギスという街の「らーめんチャンピオン」という場所だった。

「ここは日本で言ったら、新宿や原宿のような街でしょうか。若い子がたくさん遊びに来る、今、一番新しいものが集まる街。さっきのオーチャードは銀座ですね」

「そうですか」

「他にもたくさん、日本のラーメン店ありますけどね。『味千』『山頭火』……ここは一番最近できたから」

確かにブギスはごちゃごちゃとした街で、若者が多かった。平日の午後だったので、学校帰りの子供たちが一気に街にあふれてきたかに見えた。日本と同じような紺色の制服の子、Ｔシャツにデニムといった私服の子、いろいろいる。

小柳はまたショッピングモールに裕也たちを連れて行った。確かに、若者たちが来るような場所だと一目でわかるビルだった。たくさんの服屋が並んでいて、キャンディの包み紙のような服が並んでいる。天井も低く、床も壁も白だ。ただ、新しい感じはする。ＺＡＲＡやＨ＆Ｍの他、ユニクロなどの日本のファストファッションのブランドもあった。

その四階に「らーめんチャンピオン」は入っていた。

十軒ほどのラーメン屋がまとまって一つの場所にあって、入り口で食券を買うシステムだ。テーブルや椅子は共同である。カジュアルな場所ながら、さまざまなラーメンが一度に食べられる。

そこでもまた、小柳は数種類のラーメンを注文して、席に着いた。

彼とヤンは精力的にラーメンを食べていた。よほどラーメンが好きなのだろう。

「いかがですか」

小柳は笑顔で尋ねたが、裕也はもう食欲をなくしていた。

好きなものを食べてください、と言われて、裕也は東京風の透明スープの醤油ラーメンを選んだが、半分ほど食べてそれ以上、箸が進まずにいた。まだ、「一風堂」のラーメンが腹にたまっていて、時折、豚骨臭いゲップが出る。

何より、裕也は、シンガポールにはもうラーメン屋が飽和状態だということがわかった。そこにある、十軒のラーメン屋は皆、日本で名だたる名店だ。一度や二度は耳にしたり、食べに行ったりしたことがある、すでに味も評判もできあがった店ばかり。

ここに自分のような素人に毛が生えただけの人間が参入する余地はまったくなさそうである。

「らーめんチャンピオン」を出て、少しお茶でも飲みましょう、と連れて行かれたコーヒーショップで、コピを初めて飲んだ。

「甘いですね」

一口飲んで、裕也は思わず、ストローから口を離して叫んだ。

小柳とヤンがくすくす笑った。裕也はふと、ヤンは日本語をわからないと言っていたけど、本当はすべて理解しているのではないかと思い、ふっと異国で孤独を感じた。

「ええ、でも、これが南国の味です。こういうコーヒーが暑さから身を守ってくれるのです」

そうだろうか……裕也は曖昧にうなずいた。

南国だ、赤道直下だ、と小柳はくり返し言うが、裕也が昨日の深夜にこの国についてから、まだ本当に暑い、ということを経験していない。ビルの中もタクシーもキンキンに冷えていて、外を一瞬出た時に感じる汗もあっという間に乾いてしまう。日本の夏の方がずっと暑い。

「シンガポールに来て、驚きました」

裕也は言葉を選びながら言った。

「こんなに日本のラーメン屋があるなんて」

「シンガポールに日本のラーメンが入ってきた歴史は古いんです。いわゆる日式中華の一品として。今は第二次、第三次ブームと言ってもいいかもしれません」

「……ここに新たな店舗として参入する隙間なんてあるんでしょうか。さっきの『らーめんチャンピオン』だってどこも有名店ですよ」

小柳はしばらく裕也の顔を見ていた。気味が悪くなって、裕也は目をそらした。

「いいことです。そうやって考えるのは、筒井さんが本気で考え始めてくれている、ということですから」

何を言っても暖簾(のれん)に腕押し、という感じだな、と裕也は思った。婉曲に断っているつもりなのだが、長く日本を離れている小柳には通じないようだった。

その時、ヤンが英語で何かを尋ねた。しばらく、小柳が英語で説明した。たぶん、自分のことを言っているのだろうと、思った。

「お腹がいっぱいで、お疲れになったでしょう。ホテルで一休みして、夜はラオパサに行きましょう」

彼がどこのことを言っているのかわからないまま、裕也は仕方なくうなずいた。

夕方六時過ぎ、小柳は裕也を地下鉄に乗せた。

「タクシーで行けばすぐなんです。でも、地下鉄に乗っていただいた方が、シンガポールの庶民感覚がわかりますからね」

「なるほど」

また、曖昧に笑顔を作ってうなずいた。

「運賃は一ドルちょっとです。日本円で八十円ぐらいですね」

「それは安いですね」

お昼のラーメン代を考えると、とても安い。

「そうなんですよ。シンガポールは電車代やバス代は安いんです」

おざなりに電車の中を眺める。

さまざまな人種が乗っているほかは日本の地下鉄と何ら変わりない。まだ、ラッシュアワーには少し早いのか、乗客は五割、といったところ。裕也の前では黒人の若い女性が英字新聞を読んでいる。タイトスカートにブラウス、ショルダーバッグに眼鏡、まとめ髪。人種が違うだけで、日本と変わらない、ＯＬ姿である。

「マレーシア系ですよ。アフリカンアメリカンじゃない」

小柳は裕也の視線に気づいて、耳打ちした。

向かいの席には、アジア系の親子連れ、父親と母親、男の子、全員よく似た顔で、口を開けて呆けた顔をしている。まるで自宅が全焼しているのを見ている家族のようだ。

時折、母親が父親と子供に何か話しかけるが、二人とも応えない。

裕也たちは「ラッフルズ・プレイス」という駅で降りた。とても人通りが激しく、ほとんどがサラリーマンだった。

「ここはシンガポールのオフィス街であり、金融街です」

大きく「ラオパサ」とカタカナで書いてある、粗末な木製の案内板が唐突に出現する。いきなりの日本語に、裕也は一瞬、なんのことかわからなくなった。

「ここは、日本人も多いんで。あっちですよ」

ラオパサに入る前に、大きなビルの前で立ち止まった。一階にＪＡＬの看板がかかったショールームがある。

「このビルはほとんどが日系企業、日系の財団法人などが入っています」

「そうなんですか」

自分でも気の抜けた返事だな、と思いながら、裕也は言った。

そのビルの角を曲がると、急に、天井の低い、平屋のドーム型の建物が見えてきた。

「あれがラオパサです」

それは、ちょっと見、サーカス小屋のようにも、体育館のようにも見えた。入ってみると、ぎっしりと小さな店が集まっている、屋台街のような場所だった。

真ん中の大きなスペースにテーブルと椅子が置いてあって、そこをぐるりと囲むように店が並んでいた。人々は好きな店で料理を買って食べられる。さらにそこから放射状に道が伸びていて、すべてにびっしり店がある。

「フードコートと言います。シンガポール人は普段はこういうところで、ご飯を食べるんです。さっきの日系企業の人たちも。今は夕方なので人はいませんが、昼などは満杯になります」

屋台の店はいろいろあった。中国語で書かれたはっきりと中華料理とわかる店、大きな豚肉の塊や、茹でた鶏一羽丸ごとを吊るしている店、びっしりとカレーのトレーを並べている、インド料理店。中には、「焼肉」「焼き魚」の看板を出している、日本料理店と思しき店もある。さまざまな料理の匂いが押し寄せてきた。

「おいしそうですね」

裕也は少し愉快な気持ちになって言った。古今東西、食べ物屋というのはおもしろい。

「でしょう。実際、おいしいんです。いくつか食べてみましょう。私が選んできますから、筒井さんたちは真ん中のテーブルを取っておいてください」

ヤンと一緒に、適当な場所を探して座る。

初めて、彼と二人きりになった。

「ヤンさんは、こういうところによく来るんですか？」

手持ち無沙汰になって、話しかける。

小首をかしげているので、テーブルのあたりを指さし、「ここでよく」飯を食べている手つきをして、「食べるの？　ご飯　イート？　フード？」とやってみる。

しかし、ヤンはただ表情のない目でこちらをじっと見るだけだった。懸命に身ぶりを大きくしても、その目にはなんの動きもなく、裕也は気まずさと不気味さの中でゆっくり手を下ろした。変わった人だと思った。

小柳が選んできた料理はやっぱりほとんどが麵料理だった。

透明のスープに細い麵と豚肉のチャーシューが入ったもの、濁った黄緑色のスープの麵、それから、白い鶏肉がのったご飯。

「どれも、四ドルか五ドル、今は一ドル、七十円から八十円くらいなので三百五十円ぐらいですね。ご飯はシンガポールチキンライスです。一つぐらいはシンガポールの名物を食べないとね」

濁った汁の麵を指さし、「これはラクサと言います。麵は小麦の麵じゃなくて、米粉の麺ですが、シンガポール人が最も好きな麺料理の一つです」

「安いですね」

「その分、量も少なめですから」

裕也はどれもおいしいと思った。透明なスープに細い麺が入ったものは出汁といったものがほとんど利いておらず醤油を薄めたような味がしたが、それはそれであっさりしていていい。

三人でそれらを少しずつ食べ終わると、小柳は席を立って、皆をラオパサの隅の方に連れて行った。

「新しくできたばかりの店です」

そこには大きく「ＵＤＯＮ」の文字があった。

「うどん……」

「超人気店です。今は人がいませんけど、昼間は日本人だけじゃなく、シンガポール人たちも長蛇の列を作っています」

店の前のテーブルに二人を座らせて、ここでも腰が軽く小柳はうどんを買ってきた。

他の店と同じプラスティック容器だった。ご飯茶碗より少し大きいが、どんぶりよりも小さい器にうどんは盛られていた。

「日本のうどんより、量が少ないですね」

「ええ。値段も五ドルぐらいですからね」

それでは、これは四百円ぐらいなのか。立ち食い蕎麦屋みたいだな、と思った。

今度は一人一つずつ、うどんは用意されていた。

箸を取って、まず、汁をすすった。あれ？　っと小首をかしげてしまった。さらに麺を口に入れる。

「どうですか」

小柳が目をきらきらさせながら尋ねてくる。

「意外に……出汁も利いてないし、麺も柔らかいですね」

うどん麺はいわゆる、日本のスーパーに売っている茹でうどんのような感じ。出汁は関西や讃岐風の薄味だが、そう特徴のある味じゃない。

「正直、そうたいしたことがない、と思いませんか」

「……思います。本当に、人気店なのですか」

「昼来ればわかります。これでも、長蛇の列なんです」

裕也が器から顔を上げると、小柳とかちっと目が合った。

「これを日本のラーメンでやっていただきたいんです。五ドルで気楽に食べられるもの」

彼とちゃんと目を合わせたのは、シンガポールに来て初めてかもしれない、と思った。

「このうどんのように、街のラーメンレストランほど高いレベルのものでなくていいんです。ただ、できたら、鶏ガラや魚介でスープを作ってほしい」

「どうしてですか」

レベルが低くてもいい、という言葉には心の中で小さく反発しながら尋ねた。

「それなら、イスラム教徒でも食べられます。ラーメン店はたくさんありますが、ハラルフードのところは今のところない。それから、上に載せるチャーシューも鶏肉でできないでしょうか。原価も安くなるし」

「……できるかもしれません」

「最初は筒井さんに店長になっていただきますが、店舗が増えれば、現地人に店をやらせて、あなたにはそれを統括する立場になっていただきたい」

あの時、やっとシンガポールでの、仕事のイメージがわいてきたのだった。


何時間眠ったのだろうか。

裕也はふと、中年男の声に気づいて目を覚ました。ぼんやりした頭で、何の声だろう、と思った。歌を歌っていた。

窓の外を見る。はっと息を飲んだ。

一面、ヤシの木が地平線の果てまでびっしりと並んでいた。慌てて、反対側の窓も見る。同じようにヤシの木が並んでいる。ヤシの木の森の一本道をバスは走っているのだった。

これがプランテーションというやつか……中高生の地理の知識を頭の中から引っ張り出す。

耳の中の声は、まだ何かを歌っている。心に染みる、いいメロディだと思った。

半分うとうとしながら聞いているうちに、売れなかった漫才コンビの片割れが酒を飲みながら昔のことを思い出して歌っている曲だとわかってきた。浅草のクジラ料理を出す店の話や、おそろいの服を買ったこと、でも、靴は買えなかったことなどがしみじみと歌われる。

窓の外は相変わらず、ヤシの木が続いている。話には聞いていたが、日本では考えられないような規模の畑だった。シンガポールにはもうこういう場所は残っていないから、こちらに来て初めて見た。さすがに国土の広いマレーシアだと思った。

——夢は捨てたと言わないで。他にあてなき、二人なのに。

急にイヤホンから流れてきた歌詞がはっきり聞こえて、え、と驚いた。慌てて、耳を澄ます。

——夢は捨てたと言わないで。他に道なき、二人なのに。

どこまでも、どこまでも続くヤシの木。耳の中の中年男の声。

歌詞がリフレインした時、涙があふれた。

歌が終わると、わあっと若い男二人の声が響いた。歌っていた男のことをはやしたてているようだった。

裕也はヤシの木を見ながら泣き続けた。


午後二時頃、マラッカに着くと、チャイナタウンを目指した。

涙は乾いていた。

あれは、若手お笑い芸人、オードリーのオールナイトニッポンで、歌っていたのはものまね芸人のビトタケシだ、ということは聴いているうちに少しずつわかってきた。彼は名前の通り、ビートたけしのそっくりさんらしい。オードリーが売れない芸人時代、新宿のものまねパブでビトタケシと知り合ったのだ、ということも。

つまり、さっきの歌はビートたけしの歌なんだろう、と大きなスーツケースを引きずりながら考えた。

今夜の宿として予約しておいたゲストハウスはチャイナタウンの真ん中にあった。ショップハウスと呼ばれる、一階が店舗、二階が住居になっている古い造りの家屋を安宿に改装している。他にも安宿がたくさん集まっている通りで、同じような建物がずっと並んでいる。どこも入り口に「ＦＲＥＥ　Ｗｉ－Ｆｉ」と大きく書いてあった。その向こうに、白人のバックパッカーたちがソファに座ってパソコンをいじっているのが見えた。

裕也のホテルは一泊千二百円ほどで、やはり古い建物だが、雰囲気はいい。一階は入ったところがカフェになっており、奥にフロントがある。フロントに立っている、中国系の女性にプリントした予約票を見せたら、ほとんど英語を話す必要もなく、二階の部屋に通された。小さなシングルルーム。白い壁に青いカバーのかかったベッドのみ。

他人と相部屋になるドミトリーならもっと安い宿もあった。けれど、そういうところに泊まったことのない裕也にはまだ抵抗感があった。

宿に着いたら、すぐに出かけようと思っていた。まず、街の様子を確かめて、行動を起こそうと。そうでなければ、自分のような人間はまたずるずると何もせずに終わってしまう。

小柳の肝煎りで始まったラオパサのラーメン屋「さくら」は当初、大変な人気だった。鶏ガラと野菜を濃く煮出して作ったスープ。京都風のこってりした鶏ガラ出汁を目指し、鶏軟骨と野菜をとろけるまで煮て漉し、どろりとした食感を作った。

スープの原価がそれなりにかかるので、小柳はいい顔をしなかったが、裕也はスープだけは譲れない、と踏ん張った。そこに縮れ細麺を合わせる。中太麺も選べるようにした。

初日、開店すると瞬く間に長い行列ができた。あまりの反響に、スープが午後一時前になくなってしまったほどだ。その後も昼過ぎにはスープ切れで閉店することが続いた。現地の日系人の新聞にもすぐに取材されたし、地元のローカルテレビにも出た。

その行列がなくなったのは、三か月後だっただろうか。

あまりの反響に提供数を増やすため、鍋を買いそろえ、人員も倍にした矢先の出来事だった。

その増資も、裕也と小柳の間では何度も話し合い、ぶつかりあった末の結果だった。

小柳には売り上げのわりに儲けが少ないと文句を言われ、もう一種類、利益率の高い醤油スープの麺を作ってほしいと頼まれた。そういうスープの方が手間もお金もかかるんだ、と説明しても、裕也の理想が高すぎる、ここは結局、フードコートの屋台なのだ、と言い返された。スープは市販のでいいから、と小柳は日本に業務用のラーメンスープまで買い出しに行ってきて、裕也に迫った。

それに折れて、もともとの鶏白湯ラーメンの値段を三ドル上げ、格安の廉価版ラーメンも増やしたところで、がくっと客足が減った。

裕也は焦って、廉価のラーメンの見直しと、鶏白湯の値下げを提案したが、小柳からは収入は変わっていないので、人員を減らして様子を見ようと言われた。

そうしている間も、どんどん客足は減った。

収入が減り出すと、さすがに小柳も危機を感じ始めたらしかった。けれど、彼は自分の見通しの甘さを反省するのではなく、ヤンと一緒に裕也を責めるという方法に出た。毎晩、閉店後の掃除をしている店に来ては、裕也が悪いと責め続ける。さらに、ヤンの故郷の兄が中国マフィアだ、というようなことまで言い出した。

これには裕也もまいってしまった。

本当にヤンの家族にあやしい人間がいるのかどうか、ということよりも、据わった目でぶつぶつ文句を言い続ける小柳が怖かった。そこまできて、なんとなくわかってきたのが、彼の「コンサルタント業」がこのところうまくいっていないらしいということだった。少し前まで、英語ができて、事情通ならそこそこ紹介で入ってきた仕事が、本格的に大手が進出してきたことにより、簡単ではなくなってきた。小柳にとっても、このラーメン屋が最後のチャンスだったのだ。

つい、日本なら、日本人同士ならと裕也は考えてしまう。日本でなら、「いろいろ反省点はあるけど、一緒にがんばっていこう」というような方向に持っていくだろう。けれど、こちらの生活が長い小柳はこんなところばかりが「グローバル」で、自分は悪くない、裕也が悪いの一点張りだった。

最後には、最初に結んだ契約書を持ち出してきて、このまま低調が続いたら、すべての責任と負債を裕也に負わせる、とちらつかせた。英語の長文で書かれた契約書の中に、そんな条項があるとは聞いていない。

店のまわりにあやしげな男がうろつくようになった。聞けば、小柳に金を貸している、と言う。小柳はいない、と言うと、そのまま帰った。脅してきたりはしなかったけど、ただ、そこにいるだけで恐ろしかった。自分もまた、あんな男に追われる日が来るのだろうか。

裕也は何かがぷつんと切れてしまったのを感じた。


ぎりぎりなんかじゃない。自分はもう、ドロップアウトしてしまったんだ……。

ホテルの部屋を出て、チャイナタウンの街角のコーヒーショップでコーヒーを飲みながら考えた。欧米人やオーストラリア人が多い街だからか普通のブラックコーヒーだった。少しバスに乗っただけなのに別の世界に来てしまった気がした。

自分はずっとぎりぎりのところを歩いていると思っていた。いつかは、いや、いつでも普通の場所に戻れると思っていた。会社をやめても、お笑いをやっても、心のどこかで自分の場所はこんなところじゃないと思っていた。本当は、もっとちゃんとした場所、皆に尊敬され、ありがたがられ、落ち着いたところに行ける。

それはもしかしたら、ずっと、平凡だ、社畜だと軽んじてきた、父親がいるところだったのかもしれない。本当は、自分はあそこを目指していたのかもしれない。だから、真由みたいな女を選んだ。あそこと自分とをつなぎとめてくれるのは彼女みたいな人だけだと、行事も欠かさなかった。だけど、父親のような人生が手に入らないのはわかっていたから、ずっとふらふらしていたのかも。

もう目をそらすことはできない。自分はもうあんなところには行けないのだ。

「もしもし」

スマホで電話をかけた。相手はすぐに出た。

「おお、裕也か」

河西も声だけでわかってくれたらしい。

「今、大丈夫?」

「大丈夫。空き時間だから」

彼は中学校教員だ。今は授業がないんだろう。

電話番号が変わったので、その報告だけはしておこうと思った。もしも、今、彼が出なければ、二度と電話しなかったかもしれない。

「お前の、iPod、聴いたよ。ありがとう。ずっと忙しくて聴けなくてさ」

「あ、聴いてくれた?」

彼が中学生の頃と同じ声を出す。昔、深夜ラジオを録音したものを貸してくれた時と同じ声。

「あれ、ラジオかな。オードリーだろ？」

「そうオールナイトニッポン、いいよね。オードリーは昔のオールナイトの匂いが残っているんだよ。青銅(せいどう)さんが作家やっているからかもしれない」

「あれいいな。それでさ、ビトタケシっていう芸人が歌ってた歌、あれ……」

裕也が聞きかけたとたん、河西は「だろ？」と堰を切ったようにしゃべりだした。

「あれは『浅草キッド』って歌なんだ」

「へえ」

「オードリーがさ、まだ売れない芸人で、新宿のものまねパブにいた時、あんまりにも仕事がうまくいかないものだから、若林がもうやめてしまおうと思って、出番の後、楽屋で悩んでいたんだって」

「そんな時代があったんだ」

「彼ら、本当に売れなかった時は、金も保険もなくて、インフルエンザにかかっても病院に行けなかったらしいからね」

「それ悲惨だなあ」

今の自分と、どちらがやばいだろう。

「楽屋で暗く沈んでいた時に、ビトタケシに声をかけられたんだって。たけしさんのものまねで『あんちゃん、死んでもやめんじゃねえぞ』って。そしたら、若林、自然にぽろぽろ涙が出てきたらしい」

バカみたいだな、と言おうとしたけど、言えなかった。その時の、彼の気持ちはなんかわかる気がした。

「だけどさ、あとで、あれはビートたけしさんじゃない、偽物のビトタケシだ、って気がついて、なんだか妙な気分になったってさ」

「ふーん、いろいろあったんだなあ」

「そうなんだよ。しかも、これにはまだ後日談があって、売れた若林が本物のビートたけしと共演した時、その話をどこかで聞いていたたけしさんが『あんちゃん、あのビトタケシの話、いい話だな』って言ってくれたんだって」

「うわ、それ奇跡」

「だろー。だからかな、オードリーは今でもビトタケシを使ったコーナーを続けているんだよ」

ひとしきり笑った後、河西は静かに「お前、今、どこにいるの？」と聞いた。

その声で、彼がすべてを知っていることに気がついた。

「……マラッカっていう街」

「ああ。日本とマレーシアが戦った場所か」

そんなこと、裕也は知らなかった。ただ、日本人も観光に来る街で、まだ、日本風のラーメン屋がない場所だと聞いたから来たのだ。

歴史ある街なんだろ、行ってみたいなあ、と小さくつぶやく声がスマホから聞こえた。

「真由さんから電話をもらったんだよ。裕也から連絡があったんだけど、少しおかしかった、って」

あいつ……思わず、ちっと舌を鳴らしてしまった。

「彼女を責めないであげてよ。お前のことを本当に心配してくれてるんだから」

「……わかってるよ」

「何があったんだ」

シンガポールで、自分の方針は間違ってなかったのに共同経営者のせいでラーメン屋に失敗して負債を負わされるかもしれない、高校時代の先輩の紹介なので日本にも帰れない、しかたないので、このマラッカでラーメン屋でもやろうかと思っている、とこれまでのことを話した。河西は黙って聞いてくれた。

「そんなこと、できるのか」

「……できると思う」

河西は黙ってしまった。

本当は、負けておめおめと日本に帰れない、という気持ちが何よりも強かった。この街で勝負して、ある程度成功したら、あの小柳に金を叩き返して、そして、親も友達も見返してやりたい。

でも、それは恥ずかしくて言えなかった。

「まあ、やり直してみますよ」

相手を安心させるため、どうってことないように言った。

「帰って来い」

「え」

「日本に帰って来いよ。今ならまだ間に合う」

「だって、石井先輩が……」

「大丈夫。僕も一緒に行って謝ってあげるよ。今言った話を正直に言えばいいじゃんか。負債のことはこちらの弁護士に相談して、いい方法を考えよう。ラーメン屋がやりたければ、こっちで一から修業してやり直せばいい」

石井先輩だけじゃない。駒田にも頭を下げなければならないのか。俺をはめるように小柳を押し付けたのはあいつらなのに。

「大丈夫。僕も真由さんもついてる。日本に帰って来いよ」

そして、河西はおどけたように、「おーい水島(みずしま)ー、一緒に日本に帰ろう」と『ビルマの竪琴』のギャグを言った。それは爆笑問題が深夜ラジオでよく言うギャグだと昔、聞いたことがあった。

「帰れないよ」

それ以上、口を開いたら、また泣いてしまいそうで、言葉短く言った。

「帰って来い」

「帰れない」

「じゃあ、覚えておいて。裕也はいつでも帰ってこれるって」

電話を切る間際に、「ユーチューブでたけしの歌う、『浅草キッド』、ちゃんと聴いてみて」と彼は言った。

顔を上げると、今、河西のいる中学の職員室とつながっていた、ということが信じられないような、東南アジアの街並みが広がっていた。

店員を呼んで、FREE Wi-Fiの暗証番号を聞いた。スマホをつないで、ユーチューブを開いた。

ビートたけしが歌う、『浅草キッド』を最初から最後まで聴いた。

売れない、成功できない人間のことを歌っているのだった。けれど、その相方を、ビートたけしはまだ愛しているのだ、ということが伝わってきた。

ビートたけしってすごい人だな、と思った。自分の世代だと、映画監督やテレビの司会者、というイメージが強い。けれども、ビトタケシやオードリーの人生を変えている。

そして今、遠い異国で、自分を泣かせようとしている。

本当に、泣きたかった。だけど、裕也はわかっていた。この歌で泣けるのは、自分のような人間ではないと。精一杯やって、成功できなかった人だけがこれで泣く権利があるのだ。自分にはその資格はないのだ。

さっき泣けたのは、ただの自己憐憫でしかない。

また、顔を上げる。チャイナタウンの一角に夕暮れが訪れようとしていた。地元の人間と白人のバックパッカーが行き交う。物売りの女が、カフェの店先で観光客に何かを売りつけようとして、店員に追い払われている。

日本に帰れるのか、俺が。泣く資格もない、俺が。河西。

裕也はまだ、迷っている。

第3話

リトルプリンセス二号

僕たちのマンションから二十分ほど歩いたところにある寺で、月に一回、骨董市が開かれていた。骨董収集というほどではないけど、僕は古いものを見てまわるのが好きで、気が向くと妻の杏子を連れて散歩がてら歩いて行った。

「嫌だ、あのお皿、うちの実家にそっくりなのがあるわよ。高いわねえ。八千円なんて値段がついている」

あれはうちにある、こんなもの祖母の家にたくさんあった、というのが妻の口癖だった。確かに彼女の実家はすでに潰れてはいたが、大きな造り酒屋だったから、そのような道具はたくさんあったのだろう。でも、そういう彼女の言葉で、骨董業者の人たちが嫌な顔をしているのに、彼女はまったく気がついていなかった。

彼女の傍若無人な言葉に対する冷たい視線は僕にも突き刺さってくるように思えた。でも、僕は一度もそのことを彼女に注意したことがないし、彼女を骨董市に連れていくのをやめることもなかった。

なんというか……たぶん、僕は諦めていたのだ……妻や結婚とは、そういうものだと。

学校から帰ってきた娘の都(みや)の機嫌が悪い。というか、落ち込んでいるようにも見える。

理由はわかっている。いつものことだ。クラスの雰囲気が悪いのだと言う。

「ホントに、今のクラス最悪。メンバー最悪。担任最悪。早く、クラス替えしないかなー」

「それでも、一学期はいいクラスだって言ってたのに」

またか、と思っても一応、あいづちを打つ。

「だって、本当に最低なんだもん」

都が飽きっぽく愚痴っぽいのは昔から変わらない。

彼女の学校では一年ごとにクラス替えがあり、担任が変わる。聡子(さとこ)が小学生の頃は二年おきだった気がするのだが、今は保護者からさまざまな苦情が出るので、二年もクラスや担任を維持できないらしい。

そして、都は必ず、一学期の最初、「今度のクラスはサイコー！」と言いながら学校から帰ってくる。

「担任の吉岡（先生を呼び捨てにするんじゃありません、と聡子は必ずたしなめる）、バカで（ここで、先生をバカだなんて、ともう一度注意）おもしろいの。つまんないダジャレばっかり言ってる。休み時間は一緒に遊んでくれるし、クラスが皆、仲良し。グループとかなくて、全員で遊ぶって感じなんだあ」

しかし、夏休みが終わった頃から、その額には、子供とは思えないしわが刻み込まれるようになる。

「皆が悪口言いまくってる。吉岡のダジャレ、誰も笑わない。そんなことより、いじめやってる佐伯さんとかを注意してほしい」

まだ小学生なのに愚痴なんて大人みたい、かわいい、と微笑ましかったり、親の聡子まで食が細るほど悩んだりしたのは、三年生までだ。五年になった今は呆れを通り越して、無関心になっている。

どうせ、しばらくしたら、はしゃぐのも愚痴るのもやめて、たんたんと学校に通う日々が来る。秋風が吹く頃には。それが今から見えているから。

だから、ついつい、返事もおざなりになる。今の聡子には他に大切なことがあり、頭の端ではちょっと別のことを考えているのだ。

冒頭部分はあんなんで良いのか。もう少し、刺激的だったり、人を引き付けたりするシーンはないのか。

「ちょっと、ママ、聞いてるー?」

都の声で我に返る。

「聞いてるわよ、クラスがむかつくって話でしょ」

「クラスがって言うかー、その中のメンバーだよ。クラスって言っちゃうと、なんか教室、学校の部屋のことに思えちゃう」

ずいぶん、大人っぽいことを言うものだ。こんな言葉の細かいニュアンスについて説明できるなんて。

聡子は少し感心して、目の前の娘に焦点を合わせる。なんだか、自分が別の世界から現実に戻ってきたような気がする。

「ちゃんと聞いてよね。本当に。ママ、最近、なんかぼやっとしている」

文句を言いながらも、おやつを食べた後、都は友達の家に遊びに行く。最近、流行り出した、カラフルなけん玉を持って。

まあ、そうは言っても、この程度の悩みだから、のんびり娘の愚痴を聞いていられるのだろう。ああは言っても、友達はいるし、結構、要領のいい性格でうまくやっているのは知っている。

強い日差しで乾いた洗濯物を取り込み、たたみながら、聡子は考える。

聡子の家のベランダの両側はどちらも洗濯物を干していない。

左隣は土屋さん、という四十代の独身男性の一人暮らしだから、平日は洗濯物を干さないのだ。右隣の用賀さんの家は最近、乾燥機を買った。

「いいわよ、乾燥機。今どきのは一時間で乾いちゃう」

「でも、うちには必要ないから」

「こっちは家族全員が花粉症でしょう。外に干さなくていいのは助かるし、雨が続くと本当にありがたい」

説明しながら、用賀さんがちょっとはっとした顔になる。聡子の家も、聡子だけは花粉症であることを今、思い出したようだ。

「主人が太陽の光で乾かした洗濯物が好きだから」

何も気にしていないふうに、微笑みながら応える。

「マンションの理事会でも、ベランダに洗濯物や布団を干すのをやめよう、っていう話もあるみたいね」

「どうしてですか」それは初耳だった。

「景観がいいでしょ。マンションの価値もぐっと上がるみたい」

そんなこと、決まるわけない。聡子の家だけではなく、外干ししている家はたくさんあるのだから。

しかし、本当にそんなことが決まっても、聡子の家に乾燥機を導入する余裕なんてなかった。

世田谷区奥沢(おくさわ)、駅から十二分のマンションは新築で八千万円弱だったのを、築十五年の中古でやっと買ったものだ。一人娘の都は公立小学校だけど、大学までは当然、やりたい。大手家電メーカーの子会社に勤める夫の給料は月々の返済でいっぱいいっぱいだ。

中古マンションでも、ここを買ったのは分不相応だったかもしれない。子供が大きくなったら、ちゃんとした家がないとかわいそうだ、と購入を主張したのは聡子だ。

だからこそ、聡子はがんばらなくてはならない。

それは伊万里の白磁の火鉢で、ごったなものがひしめく骨董市の中で春の光をあびて、白く輝いていた。

骨董屋「お客さん、お目が高いねえ。古伊万里の火鉢なんてめずらしいよ」

岡村（おかむら）「これ、おいくらですか」

骨董屋「めずらしいものだからねえ……五万？」

杏子「これが五万？　冗談じゃないわよ。一万も出せば染付のきれいな火鉢がいくらでも買えるのに」

骨董屋「まあまあ、奥さん。火鉢たって、今は火をおこすだけじゃない。植木鉢にしたり、花を活けたり、ゴミ箱にしたりさ。いろいろ用途はあるんだから」

杏子「ゴミ箱に五万も出すの!?」

骨董屋「そうそう、こういうものもあるよ」

そう言って、骨董屋は奥から新聞紙に包んだ、かたまりを持ってきて、僕たちに見せた。

骨董屋「新種の睡蓮の種ですよ。最近、火鉢に水を張って、こういうものを育てるのが流行っているのよ。マンションのベランダなんかでさ。和風ガーデニングっていうの？」

ガーデニングと聞いて、妻の眉がぴくっと動いた気がした。

骨董屋「しかもこれはめずらしい新種なんだ。リトルプリンセス二号っていう名前でね。香りもすごくいい、なかなか手に入らないの」

岡村「それをどうしてあなたが？」

骨董屋「前にリトルプリンセス一号を育てたことがあってね。友達が二号が出たからって、手に入れてくれたのよ。でも、俺の方はいろいろ、野暮な事情があって、育てられないのさ。どう、この火鉢にこれつけて、三万円！」

岡村「買った！」

家に帰る道々、妻はぶつぶつ文句を言った。それを聞き流しながら、さっきの骨董屋が僕にだけささやいてくれたことを思い出していた。

骨董屋「あの、睡蓮だけどさ、ちょっと訳ありなのよ」

岡村「訳あり？」

骨董屋「いい女なんだ」

岡村「え？」

骨董屋「あの睡蓮、ものすごくいい女。生唾ごっくんものなのよ」
岡村「どういう意味ですか？」
骨董屋「あの睡蓮が咲けばわかるけどさ。花の真ん中にめしべってあるだろう？　あそこのところが裸の女の形になっているのよ」
岡村「えー？」
骨董屋「声がでかいって。これがなんともいい女なのさ。親指ぐらいの大きさでちっこいけどね」
岡村「それをどうしてあなたが」
骨董屋「俺もよくわからないんだけどさ。アフリカの奥地で見つかった花を掛け合わせて作ったらしいのよ。今話題のバイオっていうの？　俺も一号を育てた時には半信半疑だったんだけど……これが本当にすごい。ちょっとどきっとするよ。うちの母ちゃんとケンカになっちゃってさ。あんまり色っぽいもんだから、俺がそればっかり見ているって、変な気おこして」
杏子（OFFで）「あなた、もう行くわよ」
骨董屋「ま、あんたも気をつけなよ。二号は一号より、よりリアルになっているっていうから……ああ、うらやましいなあ、もう」

都が寝入り、夫が帰宅するまでの一時間から二時間ほどのわずかな時間が、聡子の執筆タイムだ。

聡子はいそいそとパソコンを開ける。しかし、原稿を書くためのＷｏｒｄではなく、まずインターネットを開いた。目当てのブログをクリックする。

今日の『ライオン先生のラジオドラマ教室・ブログ』のお題は、「本当の自分の気持ちに向き合って、人の心の琴線に響くシナリオを目指そう！」だった。

ライオン先生は言う。

「さあ、もうそろそろ君たちもラジオドラマのワンシーンぐらいは書けていることだろう。いや、書けていなかったら、いったい、このブログの何を読んでいたのか。書き始めていないものはこれから先を読む資格なし！！！」

いつもながら、辛口のライオン先生だった。聡子は思わず、にやついてしまった。もう十枚ほどできあがっている。

「逆に書けている人、そこの君だ！　君には心からの賛辞と尊敬を贈りたい（私が帽子を脱いで深々と頭を下げている様子を思い浮かべてくれ）。世の中には作家志望、シナリオライター志望と偉そうにほざきながら、何年にも亘って一行も書かない人間は大勢いる。それは市井の『小説家講座』や『ライター講座』の受講生も同様だ。そういう場所に通いながらまったく書かず、偉そうに既存の作家や作品の悪口ばかり言っている人間がほとんどなのだ。それなのに、このブログを見ただけで、少なくとも脚本の一節を書いた君はすばらしい。作家の第一歩を踏み出したと言っていい。もうすでに君は作家なのだ！」

聡子は嬉しくて、胸がいっぱいになった。しかし、その誇らしい気持ちは次の一行で突き落とされる。

「しかし、それと作品の出来は、また別の問題だ。はっきり言おう。君の作品は駄作だ。間違いない」

ひどい。そんなこと言うなら、最初から褒めてくれなければいいのに。

「たぶん、今の君の作品に書かれているのは、きれいごとの羅列だ。朝起きました。顔を洗いました。ご飯を食べました。服を着替えました。会社に行きました。嫌な上司の顔を見て、吐きそうになりました」

ん？　ライオン先生は何を言おうとしているのか。

「バカもの！　○○をしました、という部分なんて誰が読みたいか、誰が聴きたいか、誰が観たいか！　上司の顔を見て、吐いたところから書け。あとはいらん」

聡子はまだ釈然としない。けれど、とりあえず、先生の言う通りにしようと思ってメモを取った。

「自分の胸に聞け。これまでの人生で一番つらかったこと、悲しかったこと、屈辱だったこと。それを書け。え？　なんだ？　そんな大切な経験はデビューしてから書きますだ？　ばーか。おまいらみたいな才能のないものがなんとかコンクールで賞を取るとしたら自分の一番の体験を書いて、血反吐吐くしかないんだよ。それができて、やっと取れるんだ。それでは、健闘を祈る」

ライオン先生のブログを見つけたのは、偶然のことだった。

もともと、聡子はラジオドラマを昔から聴いていた。学生時代、深夜の勉強の友はラジオだったのだが、民放のラジオはけたたましいＣＭが入ったり、男性向けの下ネタが多かったりで、苦手だった。ＮＨＫのラジオばかりを聴いているうちに、ラジオドラマと出会った。

ラジオドラマは不思議な空気感がある。じっと聴いているうちに、頭の中に小さな部屋ができて、その中で登場人物たちが動き出すような感覚。女性の声で、「ＦＭシアター」というオープニングが始まるとわくわくした。とくにＳＦ作品は、自分の体が宇宙に放たれて星空にぽっかり浮いているような気分になった。このところ夫の帰宅が遅くなってから、再び聴くようになった。

ところがある日、聴いていた作品の出来がひどかった。

四人の女性が不満や愚痴ばかりを言って、身勝手に行動する内容のドラマである。確か、原田とかいう女性作家の作品だった。その登場人物たちのわがままな行動や押しの強い性格にいらいらして、誰一人として共感できなかった。せっかく楽しみにしていたFMシアターの時間が台無しだった。もしかして、こういう作品がよしとされているのだとしたら、それは作家や制作側の思い上がりというものだろう。聡子は気持ちがすっきりとする、心が晴れやかになったり感動で涙が出たりする作品が好きだった。

頭にきた聡子は、ネットで自分と同じような感想を持つ人がいないか検索してみた。誰かと気持ちを分かち合いたかった。

「ラジオドラマ　感想」「FMシアター　感想」「FMシアター　感想　最悪」「FMシアター　おもしろくない」などといくつかの検索ワードを入れて、偶然、引っかかったのがライオン先生のブログだった。

ライオン先生はどうもプロのシナリオライター、特にラジオドラマの脚本家らしかった。

「最近のFMシアターはおもしろくなくなったな。特にこの間の女性作家の作品はひどかった。頭の中で観念的に物語を作っている気がした」

作品名の記載はなかったが、日時を見ると、聡子が聴いた作品についてのようだった。なんだか、ラジオドラマの専門家の人が自分と同じ感想を持っていたのが嬉しくて、聡子はそのブログを読むようになった。

ライオン先生のブログは感想だけではなく、ラジオドラマの書き方を丁寧に解説してくれていた。先頭のページにその意義が書いてあった。

「ぜひ、たくさんの人にラジオドラマに親しみ、ラジオドラマを書いてほしいと思い、このブログを開設した。

お前ども、知ってるか？　テレビの民放のシナリオコンクールの応募作品は多い時に二千、ＮＨＫのテレビドラマで八百ほどだ。ものすごい競争率である。けれど、ラジオドラマは毎年二百通ほどの応募しかない。それでいながら、優勝賞金はテレビと同じ、五十万円がもらえるのだ！　しかも、優勝者の作品はちゃんとドラマ化される。さあ、君たちもラジオドラマを書いてみないか」

私にもラジオドラマが書ける？　それだけじゃなくて、ラジオドラマ作家になれる？いや、さすがに作家は無理だろう。だけど、自分の作品を役者さんが読んでくれたり、音響効果が入ったりして、ドラマ化されたらどれだけ嬉しいだろう……。

それから、聡子は毎日、ライオン先生のブログを見るようになった。

自分が一番つらかったこと、悲しかったこと……。

聡子はブログを閉じて、原稿の方を開いた。

都が生まれる前、聡子は不妊治療のため、いくつかの病院に通っていたことを思い出す。

暑い日々だった。

五月の半ばから翌年の年末までかかり、夏の暑さが印象に強く残っている。熱されたアスファルトの上をじりじりと焦がされながら病院までの道のりを歩いた。

その病院は聡子の母が探してくれたところで、杉並区なのに、どこの駅からも離れた不思議な場所にあった。一時間に一本、コミュニティーバスが走っていたが、時間を合わせるのも面倒で、聡子はいつも駅から歩いて通った。

最初の診察の時、部屋に入る前に、「体重を量ってください」と看護師に言われ、廊下の隅の体重計を指された。廊下にはずらりと長椅子が並んでいて、そこには同じ年頃の女性たちが、電線に留まる雀のように座っていた。

デジタル式の表示はのぞきこまれたりしなければ誰に見えるものでもなく、女たちは皆、無表情で他人に関心を払う様子はなかった。けれど、少し前の自分なら人前で体重を量るなんて耐えられなかったことだろう、と思いながら、聡子は体重計に乗った。

この病院が三軒目だった。いろいろな病院でさまざまな検査を受けているうちに、そういう気持ちはどっかに行ってしまった。

それよりも、表示に出ていた、体重と体脂肪率以外の、脂肪量という数字に目を奪われた。ちょうど十キロ、と出ていたからだ。

診察受付の窓口で、さっきの看護師に体重と体脂肪率などを口頭で伝えた後、椅子に戻った。

脂肪量が十キロ、ということは、自分の体の中には、ちょうど十キロの脂肪がある、ということか。

聡子が知っている脂肪、というのは、やっぱり、スーパーで買う牛や豚肉の脂肪だ。白く固まっていて、牛肉を買うとつけてくれる、あの、冷たい、硬い、真っ白な脂肪を想った。あれが十キロ、体の中にあるのか。

身長百五十八センチの聡子の体の中に、ちょうど十キロの脂肪が多いのか少ないのか、よくわからない。まああのやせ型だと思うが。

こうして産婦人科の病院に通っていると、脂肪に限らず、自分の体を一つのパーツとして、肉体というひと括りではなく臓器の集合体と考えることができるようになった気がする。それは、度重なる検査や診察のせいかもしれない。

聡子は小さくあたりを見回す。他の女たちも自分と同じように考えるようになっているのか。ちょっと聞いてみたいような気がした。聞かないけど。

一時間半近く待って、やっと順番が回ってきた。

先生と顔を合わす前に、診察台に通され、下着を脱いで仰向けになった。

金属の機械がかちかちと音を立て、局部に当たっている気配がする。まだ顔を見てもいない、声で男ということだけがわかる相手が、カーテンの向こうで自分の体に何をしているのか、ということは考えないようにしていた。

「うーん。子宮筋腫が少しありますし、子宮内膜症の疑いもあります」

一通りの検査を終え、台から降りた。下着をつけて、やっと医師と対面する。これまで回ってきた病院で何度も言われてきたことだ。

「それでも、妊娠の可能性がまったくない、というほどではありません」

四十代の中年男性が生真面目に言った。

「卵管の状態をさらに詳しく見てみましょう。卵管に特殊な溶液を通して、MRIで写真を撮ります」

それはすでに一度、前の病院でしてきた治療だった。それを伝えても、医師は首を振って言った。

「もう一度、確かめたいのです。卵管の状態がよくわかりますし、溶液を通すことで卵子の通りがよくなりますから、それだけで妊娠する方も多いんですよ」

あの時、それまで目も合わせなかった医師が、かすかにこちらを見て微笑んだような気がした。それが、あなたの欲しいものでしょう、と言うように。

杏子「今日は病院に行かなきゃならないの」
風の中に、初夏の匂いがし始めた朝だった。食事の時に、杏子は僕の目を見て、そう言った。
杏子「今度のお医者様はお義母様が見つけてくださったの。とっても名医なんだって」
病院というのは、不妊治療のための病院らしい。らしい、というのはそういうことは、僕の母と彼女の間で話し合って決めることで、その件について、僕は蚊帳の外になっていたからだ。「男の人はそういうことに関わらないでいいのよ」と僕の母はいつも言っていた。
杏子（ため息、小声で）「やっぱり、行かないといけないわよね」
岡村「君が行きたくなけりゃ、行かなくてもいいだろ？　好きなようにしろよ」
杏子「お義母様が決めたんだもの。（少し声が震える）そういうわけにいかないわよ……」
彼女が泣いているような気がして、僕はドキッとした。
杏子「今日は早く帰ってきて」
岡村「一緒に病院には行けないよ。仕事があるもの」
杏子「違うわよ、睡蓮よ」
岡村「え？」
杏子「今日あたり、睡蓮が咲きそうなの」
僕は睡蓮のつぼみを見る、彼女の目のあたりに視線をやった。しかし、彼女の瞳は乾いていた。

翌日も都は放課後に友達の家に遊びに行った。彼女が帰宅した時、聡子は野菜とミートローフのオーブン焼きを、コンベクションオーブンの中から出しているところだった。

「あー、オーブン焼きかあ」

可もなく、不可もなく、という声で都が言う。

「みやちゃん、これ好きでしょう」

この料理法だと、野菜もよく食べる。

「嫌いじゃないけどさあ。インパクトが弱いんだな」

都は妙にはきはきした口調で、相変わらず生意気なことを言う。

一年ほど前から都は子供の話し方を脱し、時々、びっくりするような言葉を使うことも出てきた。

それがあんまりにもかわいらしくて、思わず抱きしめたのはついこの間のできごとのようなのに、今はいらいらしかしない。

「だったら食べなくてもいいわよ」

つっけんどんな声が出てしまう。

「まーまー、奥さん、抑えてくださいよ」

また、いったい、どこからそんな言い回しを覚えてきたのか。口で言うよりは喜んでいるのかもしれない。

オーブン焼きに、簡単なスープとチャーハンを添える。夫はいつも夜遅いから、二人で食事を終えた。

あの夏、聡子も母もどこか狂っていた。

新しい病院の一度目の診察の後、母はすぐに電話してきて、卵管造影の検査から始まる、と聞くと、激しく怒った。

「だから、それはもうやっていて、効果がなかったってことはちゃんと言ったの？」

「もちろん、伝えたわよ」

「だったら、次のステップに進みたい、一日も早く妊娠したいって言いなさいよ。あなたがはっきり言わないからそういうことになるのよ」

聡子がいくら説明しても、母はいきりたつばかりで、次の診察の時には自分も一緒に行くと言って聞かなかった。一緒に行って、先生に強く主張してあげると。

「受精は一か月に一度しかチャンスがないのよ。そんなことをしているうちにすぐに三十五になって、卵が古くなってしまう」

受精も卵も、それにまつわるあけすけな言動も、聡子にはつらく、耳をふさぎたかった。不妊について義母にせっつかれてきつい、という話はよくあるが、実の母親だけに容赦がなく、こちらの方もひどくつらいものだということを聡子は知った。

実際、母親は次の検査から必ずついてきて、診察室で隣に陣取り、聡子が迷ったり、言いよどんだりするとすかさず口をはさんだ。電話口でのケンカ口調ではなく、あくまでも品よく微笑みながら穏やかに、でも、きっぱりと自分の意思を押し付けた。

「今回の検査はともかくとして、その後はすぐに人工授精、体外受精と進めるんですよね?」

「まあ、卵管造影の後、三か月は妊娠しやすい時期がありますから」

「いえ、だから、それは前の病院でだめだったんですよ。だから、すぐにでも人工授精に進んでいただいて」

「ええと、お嬢さん……患者さんもそれでいいんですか」

うつむいて何も言わなくなってしまっている聡子を気遣って、医者が尋ねた。

「……はい」

母が自分の娘を想ってではなく、親戚や友人に、娘が人並みであることを証明するために言っているのはわかっていた。昔からそういう人だったから。

ただ、聡子も決して子供が欲しくないわけではなかったし、心のどこかでいつかは次の段階に進まなければならないとは思っていた。だから、強く反対することはできなかった。また、もしも、母に反抗したとしたら、「お前は子供が欲しくないのか」と聞かれたはずだし、そうなったらどう答えたらいいのかわからなかった。ただ、早急にせっつくように進められるのと、下品にずかずかと夫婦の問題に立ち入られるのが嫌でたまらなかった。

聡子はいやいや病院に通い、関心はなくても優しい夫もそれに従った。あのたびたびの屈辱的でもある治療に、彼がよくつきあってくれたものだと、感謝している。

確かに、母があれだけ強引に進めてなかったら、都は生まれていなかったかもしれない。

そうだとしたら、どんな人生だっただろう。今でも結婚生活を続けていただろうか。

そんなことを考えてしまう自分が信じられない。けれど、こういうことを考え始めたのは、ここ二、三年だ。あの子が大きくなって別の人格を持つようになって……有り体に言えば、生意気になってきてからだ。それまで自分の分身のように感じてきた子が、別人格として動き始めた。

自分は身勝手な親だ。子供が自意識を持ち始めたとたん、その子がいない人生を考え始めるなんて。

そういうことを作品の中に込められないか、と思う。むずかしいけど。

現実では聡子の母親が通院を迫ったのに、原稿の中では自然、義母ということにしていた。夫の母、義母はすでに他界している。

やっぱり、本当に起きたことをそのまま直接書くことはどこか気が引ける。母親が聴いたりしても、いい気持ちにはならないだろう。

「ママ、この頃、他の事考えてること、多いよね」

都の声がして、はっと我に返る。

「なんか、テレビ観ているみたい」

「え。どういう意味？」

「ママ、みやちゃんと話しながら、テレビ観ている時みたいだよね」

変な感想だが、娘の言っていることはわかるような気がした。

テレビ。

彼女はテレビと表現したが、聡子は確かに、今、ここに居ながら、別の風景を見ている。別の感情を持っている。それが伝わってしまうのだろう。別の世界に生きていることが。

「ごめんね」

聡子は都に素直に謝った。

「いいけど。だったら、ご飯の間、みやちゃんはテレビ観ているけど」

「それはだめ」

それから都が寝るまで、聡子は心がけてラジオドラマについて考えないようにした。

最終電車で夫は帰ってくる。

そんな時間でも、彼は必ず、聡子の作った料理を食べる。都と食べたものを温めなおすだけだが。

「都、今年もクラスでうまくいってないみたい」

彼はニュース番組を観ていて、返事もしない。聡子も別に聞いてもらおうと思っているわけでもない。こういうことが夫婦のあり方ではないかと思っているから話しているだけだ。

夫が夜遅く帰ってきたら、妻は温めた食事を出し、愚痴を言い、夫はそれを聞きながらテレビを観ている。それが普通の夫婦なんだと。

夜食を食べた夫は仕舞い風呂に入り、パジャマに着替えてベッドに横たわる。

聡子も電気を消して、その脇に寝た。

すぐに彼の規則正しい寝息が聞こえてくる。聡子は暗闇で目を見開いたまま、寝付けずにいる。

その時、聡子は思い出した。

深夜の匂い、あの日、嗅いだ、深夜の土の香りを。

はっと、暗闇の中で目が開いた。

都を妊娠する前に、聡子は夜の土の匂いを嗅いだ。

ずっと忘れていた。今の今まで。

睡蓮の花はすでに開いていた。

朝日の中、それは自らの裸身を惜しげもなくさらしていた。睡蓮の花の真ん中に勝ち誇るように立つ、小さな女性。確かにそれはプリンセスだった。全身はミルク色でわずかに透き通り、めしべの頭がハート型になって、その下の部分がきゅっと細く、まるで顔のようになっている。その下の、普通ならまっすぐに伸びている部分がなぜかくびれ、胸と腰のようだった。

その胸が素晴らしかった。

全長、わずか二センチほどのめしべなのに、胸の部分はひどくリアルにふっくらと二つのふくらみがあり、先がちょんと赤く色づいている。それがさらにこのプリンセスを愛らしく、官能的に見せていた。

都を身籠る少し前、今以上に夫の仕事が忙しく、連夜タクシー帰りが続いたことがあった。

ＯＬをやめて、専業主婦になったばかりの聡子は、寂しいのと同時に時間を持て余していた。夫の帰りを待つ間、その暇をつぶしていたのは、今と同じようにインターネットだった。

当時はSNSはミクシィぐらいで、フェイスブックやツイッターはまだなく、ブログと匿名掲示板が幅を利かせている時代だった。

聡子は「料理」や「ガーデニング」についてのブログをおとなしく見ているだけで、自分で書き込んだり、あまりにひどい悪口を書いている場所をのぞいたりはしないようにしていた。そんなことをしたら、とんでもない世界に引っ張り込まれそうで怖かった。

それでも、夫を待つ深夜の時間にはついつい長時間「ネットサーフィン」(それもその頃は流行り言葉だった)をしてしまっていた。しかし、ある時、「ガーデニング」についてのサイトをチェックしていた時に、「花屋の片隅に置かれている、売れ残り、傷みかけの花を買って、再生するのが趣味だ」という女性のブログを見ていて、つい、日頃の禁を破って書き込んでしまった。

――拝啓。突然、失礼します。実は、私の祖母がブログ主さんと同じように、「おつとめ品」の花を再生するのが趣味で得意なものですから、このページを見て、なんだか懐かしく、嬉しくなって書き込んでしまいました。今後も、ブログを楽しみにしております。お体ご自愛下さいませ。

聡子より少し年上かと思われる、ブログ主からの返事は丁寧で温かいものだった。それから、聡子も少しずつ警戒を解いて、さまざまなブログや掲示板に書き込むようになった。

——拝啓。初めまして。私も、サクラコさんと同じ、三十代の主婦で、ぬか漬けをしているものです。サクラコさんのブログに載っていた、ぬか漬けにヨーグルトをくわえるなら、ブルガリアヨーグルト、との記事、とても参考になり、さっそく実行してみました……。

——拝啓。ｋｅｉｋｏさんの燻製の話、毎日楽しく読ませていただいています。私も燻製をやってみたいのですが、賃貸マンション暮らしで、ベランダでモクモク煙を出したら文句を言われそうなのと、夫の仕事が忙しいので、そういうことに協力的ではなく……。

深夜に書き込みをして、短かったり、そっけなかったりしても、知らない人から返事をもらうのは、嬉しかった。

そういうネットサーフィンをしているうちに、聡子はそのゲリラ活動を知ることになった。

ある日の夜明け前、僕はトイレに目を覚ました。

ふと、居間をのぞくと、睡蓮の鉢が月光を浴びて静かに白く光っているのが見えた

……僕はそっと睡蓮に近づいていった。いけない、いけない……いや、ただの植物じゃ

ないか、別にどうってことないよ……いや、いけない、だって、僕は現に彼女に魅かれているじゃないか……これは立派な背信行為だ。いや、ただの植物を見ることがどうしてそんなに悪いことなんだ？……いろいろなことが頭の中を駆け巡った。僕は震えていたと思う。震えながら、ぎこちなく、睡蓮に近づいて行き、その美しい裸体に魅入った。

リトルプリンセス二号「靖（やすし）さん」

　驚いて、腰が抜けそうになった。突然、プリンセスの声が僕の頭の中に響いてきたのだ。

プリンセス「驚かないで」

岡村「お、驚くよ、そう言われても」

プリンセス「ふふふふふ」

　こ、これは夢なんだ。僕は、妻のいる寝室に戻って、布団を頭からかぶって寝てしまおう、そうするべきなんだ。

プリンセス「夢じゃ、ありません」

岡村「ど、どうして」

プリンセス「あなたの考えていることはわかります」

岡村「だから、どうして」

プリンセス「あなたに出会えるのを、私はずっと待っていました」

僕は逃げるように寝室に向かった。そして、夜が明けるまで、布団にもぐってぶるぶると震えていた。

聡子はガーデニング愛好家たちが集まるサイトでその噂を聞いた。

「花ゲリラ」だとか、「緑のゲリラ」というのがその活動の名前だった。

(緑の小指) この間、家の前の空き地があんまり殺風景なんで、余ってたハーブの種、蒔(ま)いてきた。秋ごろにはハーブガーデンが楽しめそう。

(ともこFC) うわ、それ、「花ゲリラ」っぽい。

(緑の小指) 「花ゲリラ」って本当にいるの? 都市伝説かな、って思ってたんだけど。

(ともこFC) いるっぽい。私の友達、前に2ちゃんで募集を見たことあるって。都内の私鉄沿線の線路端にゲリラしようって呼びかけだったらしい。

(はるちゅう) 横からすみません。その「花ゲリラ」ってなんですか。私も他のサイトでちらっと名前を聞いたことがあるんですが、何かわからなくて。

(緑の小指) 花ゲリラは、ガーデナーが自分のところで余った苗や種を、空き地や街路樹の根元なんかに、深夜、密かに植える活動だよ。人々が目を覚ますと、ある日突然、花のガーデンができあがっているってわけ。

そこまで読んだだけで、聡子はどきどきしてきた。殺風景な場所に、朝、突然、花壇が現れる……なんてすてきなおとぎ話だろう。

（緑の小指）普通のガーデナーより、種から育てるのが好きな、実生愛好家のサイトに時々、募集が出てくるらしい。ほら、種から育てると、いらない苗がたくさんできるから。

（ともこＦＣ）ていうか、空き地に種を蒔いただけで、そんな簡単にハーブ畑なんてできる？　自分の庭でも大変なのに。

これまでの流れを無視して、（ともこＦＣ）が話を戻した。

（緑の小指）ローズマリーとかカモミールとか、簡単なものばっかりだし、そういうところの方が実は手をかけている自分の家よりもすくすく育ったりするんだよ。

（ともこＦＣ）確かに、うちのミントもそうかも。大切に鉢植えしているのより、こぼれた種の庭先の方が雑草みたいに生えてる。

聡子は思い切って、書き込んでみた。

（さとっち）すみません。「花ゲリラ」のこと、もう少し教えてもらえないでしょうか。

さとっち、というのが、聡子がネット上で使っていた名前だった。

（緑の小指）そんなに知ってるわけじゃないんですよ。でも、実際、活動していると
いう話は聞いていています。

（ともこＦＣ）ていうか、「花ゲリラ」で検索してみたら？　その方が早くない（笑）
人に聞く前に。

（笑）と書いているが、（ともこＦＣ）が多少気分を損ねているのがわかった。当時は
なかった言葉だが、今だったら、「ググれカス」と罵っていたところだろう。

顔も名前も、年齢や性別さえもわからない、匿名サイトの中で、人の性格は現実世界
よりもずっと如実に露れるのだ、ということは聡子もよくわかっていた。（ともこＦ
Ｃ）はたぶん、気が強く、その場を取り仕切らないと我慢ならない性格に違いない。
このサイトでは聡子がここをのぞくずっと前に、一度オフ会を開いたことがあり、

（緑の小指）と（ともこＦＣ）は顔を合わせているらしかった。いまだに（ともこＦＣ）はその時の話を持ち出して、（緑の小指）と他人を寄せ付けないような会話をしている。彼女が――名前の通り、女だとしたら――彼――こちらも口調の通り、男だとしたら――に好意を持っているのは確かなようだった。けれど、彼も同じ気持ちなら、いつまでもこんな場所で会話をしてはいないだろうから、一方通行なのかもしれない。

（さとっち）すみませんでした。自分で調べてみますね。

（緑の小指）募集がかかるなら、「実生ファン」でかもしれません。

（ともこＦＣ）確かに、真夜中、集合して、苗を植えるなんて、ちょっとぞくぞくするかも。

男が乗ってきたとたん、何事もなかったかのように会話に入り込んでくる（ともこＦＣ）にはうんざりしたが、聡子は彼女のことを笑えなかった。

僕はそっとベッドを抜け出した。心臓は激しく波打っていた。居間に行くと、睡蓮の鉢は昨日と同じように白く輝いていた。僕はその脇にひざまずいた。

プリンセス「待っていたわ」

岡村「ああ、君はやっぱり……」
プリンセス「やっぱり、何？」
岡村「話せるんだね」
プリンセス「（笑う）当たり前じゃないの」
岡村「そうかな」
プリンセス「大丈夫、安心して。私はあなたのことを一番理解している」
岡村「そんなことはない」
プリンセス「私にはあなたのすべてがわかる」
岡村「どうして」
プリンセス「あなたを愛しているから」
岡村「嘘だ」
プリンセス「結婚式の時、あなたは誓いの言葉で一瞬、口ごもったでしょう」
岡村「（震える声で）何を言い出すんだ」
プリンセス「あなたは妻を永遠に愛すると誓う時、一瞬、黙ったわ。言えなかったのよ。
自分の気持ちに自信が持てなかったの」
岡村「そ、そんなことないよ……」
プリンセス「あなたの奥さんはあなたを本当に愛しているのかしら」

岡村「どういう意味？」
プリンセス「私ほどあなたを愛する人はいない」
岡村「そんなことは……」
プリンセス「あなたもわかっているはず……私を触って」
岡村「え？」
プリンセス「私に触れて……触って」
プリンセスの体はいっそう光を発していた。まるで息をしているかのように胸のあたりが上下に動いて見えた。
プリンセス「触って……お願い」
僕の指は震えながら、彼女の胸に伸びて……。
杏子「あなた、何してるの？」
ぎょっとして振り返ると、そこに白い顔をした杏子が立っていた。
杏子「何をしているの？」
不意を突かれた僕は、何も答えることができなかった。杏子はしばらく僕の顔を見ていたが、黙って自分のベッドに戻っていった。
「さあ、自分の『一番つらかったこと』を思い出す作業はうまく行っているかな？　人によって、それは実際の経験以上にむずかしいことになるかもしれない。けれど、作家が最初の作品を書くにあたって、とても大切なことなのだ」

ライオン先生のブログが久しぶりに更新されていた。これまでほとんど毎日のように新しい書き込みがあったのに、一週間以上更新がなかったから心配していた。

「先生のようにプロになってからだって、時にはそれが必要な時があるんだぞ。執筆がうまく行かない時、まあ、スランプだよな。書けない時には自分の心の中に聞いてみる。そうすると、思わぬ記憶がよみがえるのだ。時には悲しい記憶にさいなまれて、よけい書けなくなってしまうこともあるけれど」

なんだか、ライオン先生は元気がないようだった。いつもの厳しい檄や、罵倒がほとんどなかった。更新が滞っていた理由も書いてなかった。

「まあ、そういう時は無理をしないように」

そんな物言いも、先生らしくなかった。そこから文字がないので、今日は終わりかとスクロールしていくと、急に文章が出てきた。

「さあ、思い出せ！　頭の中の記憶をひっくり返して、すべてをさらけ出せ。

思い出せ！

思い出せ！

思い出せ！」

最後だけはやっとライオン先生の調子が出てきていた。

聡子はノートパソコンの前で目をつぶった。彼の言う通り、さらに深い記憶を掘り起こそうとした。

人工授精の治療が始まって少し納得したのか、しばらく母はおとなしかったものの、一回目で妊娠できていないことがわかると、また騒ぎ始めた。

「こんなこと、いつまでもだらだら続けていても、仕方ないんじゃないかしら」

「でも、まだ一回目ですし」

医者は苦笑しながら言った。

「五回までは様子をみるのが一般的ですので」

「でも、この子はもう三十二ですよ。あっという間に三十五になっちゃう」

その声は診察室だけでなく、隣室や待合室にまで響いているような気がして、聡子はひやひやした。そして、母がエキサイトすればするほど、無口になった。

「検査では、子宮の中で精子がよく動いているのがわかっていますし」

「でも、そんなに元気な精子なのに、受精できないのは逆に別の原因がある可能性が出てきたんじゃないですか?」

「まあ、まれに受精障害ということもありますが」

「やっぱり。ですから、五回もやってる暇はないんです」

ほら見なさい、お母さんが一緒だと話が早いでしょ、得意げにこちらを見る母の目が耐えられなかった。

さらに、つらい治療が始まった。思い出したくもないほど痛かったのは、体外受精のための採卵だった。

腹の上に医者と自分とを仕切るカーテンがあるので、診察の様子は聡子からは見えなかった。噂によると、アメリカなどではこのカーテンがなく、医師と顔を合わせ、治療について話したりすることができるらしい。それが「開放的」で「すばらしい」と絶賛する女がいるらしいが、聡子は信じられなかった。たぶん、そういうことを言える人は、不妊治療なんてしたこともなく、必要もないんだろう、と卑屈に考えた。

「少しチクッとするかもしれません」

その声とともに、子宮内に打たれた注射の痛みはすさまじかった。もう、体重を人前で量ることにどうのこうの言っていた頃が遠い昔に感じられた。ほんの少し涙が出た。

「何か、別のこと、楽しいことなんかを考えていると、あっという間ですよ」

医者の言葉で、聡子は「楽しいこと」を考えようとした。

〈緑の小指〉が言っていた、2ちゃんの実生ファンの場所をのぞくと、びっくりするほど簡単に、「花ゲリラ」の情報がつかめた。まさに「花ゲリラ」を募集しているホームページを知ることができたのだ。

ただ、そのサイトはトップページ以外、会員制になっていた。閲覧するためにはサイト主にメールを送って、パスワードをもらわなければならない。

聡子はメールを送るまで、丸二日迷った。

しかし、おそるおそる連絡を取ってみると、サイト主は気さくで礼儀正しい男性だった。いくつかの項目、「本当にガーデニングに興味があるのか」「花ゲリラに参加する意思があるのか」「種や苗を用意する能力があるのか」といったことを聞いただけで、すぐにパスワードを教えてくれた。ホームページを非公開にするのは、興味本位でサイトを荒らす人を入れないためだと説明された。

「花ゲリラ」はサイト主を中心にきちんと運営されていた。今で言うと、感覚はフラッシュモブに近いだろうか。

日時や場所、その場の現在の環境などを詳しく公開し、何をどう植えるのが一番いいのかを話し合い、花の種類を決める。参加者を募り、用意できる苗や道具を確認して、区域を一人一人に分ける。時には、図面なども用意して、誰がどこにどれだけ植えるのかを事前にきっちりと決めておく。深夜ということもあり、当日、その場では何も話さずに行動するからだ。

聡子は自分の楽しみのため、パンジーとビオラの種を秋から育てていた。種から蒔けば、たくさんの苗を安価に作ることができるが、余ってしまうのが難点だった。これまでは、両親や友人、近所の人にあげたりしていたが、これからは苦労しないだろう。

聡子は女だから、深夜の行動には少し不安がある。「花ゲリラ」のサイト主を始めとした会員たちもそこのところは強く危惧していて、「女性はできるだけ自宅の近くのゲリラに参加すること、タクシー、乗用車等を使って安全に現地まで来ること」と訴えていた。

この検査の翌週、初めてのゲリラに参加することになっていた。

「雨宮さん、雨宮聡子さん、終わりましたよ。大丈夫ですか」

「……はい」

「痛くなかったですか」

答えられなかった。身動きができないほど痛かった。

看護師さんに手を添えられて、やっと台から降りながら、ただ、自分がこれから関わるゲリラ作戦のことだけを考えていた。

次の日はたまたま、休日だった。僕は朝早く起きると、すでに花弁を閉じた睡蓮を鉢から掘り出し、バケツに入れて骨董市まで来た……杏子が起きる前に。
骨董屋「あ、この前の旦那さん」
岡村「これ、返します」

骨董屋「あの、睡蓮？　いらないの？」
岡村「そういうわけじゃないけど……もう、返します」
骨董屋「あ、もしかして、あんたも、これに夢中になってかみさんに叱られたクチ？」
岡村「……ま、そんなところです」
骨董屋「しょうがないなあ……じゃあさ、代わりにこれあげるよ」
　骨董屋は新聞紙に包んだものを持ちだした。
骨董屋「この間、また手に入ったの、これ」
岡村「だ、だめですよ。それ、睡蓮じゃないですか」
骨董屋「違うの。これ、また別の新種なの。リトルプリンス一号なの。花が開くと、女の子じゃなくて、かわいい男の子が出てくるってわけ。奥さんもきっと喜ぶよ」
　どうして、僕は睡蓮の怖さを知りつつ、新しい睡蓮をもらったのだろうか……それは、まだ、この植物に対する興味を捨てることができず、また、妻にもこの不可思議な現象を理解してほしかったから。男の子なら、彼女も許してくれるかもしれないと思ったのだ。
　家に帰って僕が火鉢に睡蓮を植えなおしているのを見ても、杏子は何も言わなかった。睡蓮はすくすく成長した。以前とまったく同じように。ただ、違うのは、今度は妻が睡蓮になんの関心も持たなくなり、僕が熱心に世話をしたことだ。彼女は冷ややかな目で僕を見ていた。そして、その日は突然やってきた。

初めてのゲリラ活動はうまくいった。

冬になっていた。深夜二時きっかり、私鉄沿線の駅前商店街の一角に集まったメンバーは八人。聡子の他に女性は一人だけだった。
目立たない動きやすい格好で、できたら作業着に見えるようなもの、との指定を受け、聡子はグレーのパーカにチノパン、軍手をはめ、小さなスコップと苗の入ったビニール袋を持っていた。皆、目深に帽子をかぶり、マスクをつけている。さらに眼鏡やサングラスまでかけている人もいて、お互いの顔もわからない。

リーダーはそれが目印の、ドジャースの野球帽をかぶった、がっしりとした体格の中年男性だった。彼は聡子の姿を見ると、ちょっと会釈をした。挨拶はそれだけだった。

全員がそろうと、リーダーが軽く手を挙げた。それを合図に、皆、所定の位置に就く。
その日は、商店街の中にある、大きな陶器製の縦型のコンテナだった。街路樹に添えられて、十四個、ずらりと並んでいるのに、何も植えられていない。この場所の提案者によると、ここ半年ほどは何かを植えている気配はないという。
（サバイバルマン）大方、業者の甘言に乗せられて購入されたものだろうけど、その業者との契約が切れたのか、予算がなくなって、何も植えられなくなったのだと思う。枯れたアイビーの痕跡が残り、土が風雨にさらされてかちかちに固まっているから、腐葉土と赤玉土、石灰を混ぜ込む必要がありそう。

（コンテナ職人）腐葉土なら、生ごみ処理機で出たカスを庭で一冬発酵させたのが、死ぬほどある。

（サバイバルマン）ありがちだけど、アイビーとパンジーの寄せ植えでいくか。長く楽しめるし、手間もあまりかからない。

（サイレンジャー）アイビーなら挿し木したのがたくさんあるよ。

（コンテナ職人）うちにはランナーを差し芽したのなら。

（さとっち）パンジー二十株ぐらいならあります。

聡子は初めて計画に加わった。提案された場所は、自分の家から数駅のところだった。そこなら、タクシーで駆けつけて、参加できるかもしれないと思ったのだ。

他にもいくつかの苗や肥料を提供する声が続いて、計画はみるみるうちにできあがった。

この場所に来るまでの間、とにかく緻密に念入りに計画を立てたので、現地では誰も声を出さなかった。一斉に、所定の場所に分かれ、荒れ果てた土から乾いたアイビーを引き抜く者、腐葉土を混ぜ込む者、苗を配る者、水を用意する者、各自、自分の仕事をした。

冬だったにもかかわらず、耕された場所にパンジーを植え込んでいた聡子は、じんわり汗をかいた。暗闇の中で、黙ったまま、一つの目的に向かって働くのは、奇妙な連帯感があった。

聡子はすべてを忘れて作業に没頭した。深夜、手元もよく見えないようなところで、土の匂いを嗅ぎ、手探りで苗を植えた。そうしていると、すべてを忘れられた。母からの妊娠の有無をぶしつけに尋ねる電話の声も、あまりの痛みに動けなかったのに、ベッドを使うから空けてほしい、と病室から追い出されたことも。今月、妊娠していなかったら、またもう一度あの痛みを味わうのかという恐怖も。

皆忘れられるんだと思ったとたん、いや、忘れていないからこそ、こうして作業しながらそのことを考えているんじゃないか、と思って、おかしくなった。声を出さずに笑った。そして、本当に無心になり、聡子は今度こそ作業に集中した。

時折、脇を通りかかる人がいた。しかし、彼らも聡子たちが勝手にそんなことをしているとは思わないらしく、不審な目を向けることもなく過ぎて行った。

二時間ほどですべての作業を終えると、またリーダーが手を挙げた。するとメンバーたちはお互い、軽く会釈を交わしながら、去って行った。聡子も同様に皆に頭を下げ、駅前でタクシーを拾って家に帰った。
夫はまだ戻っていなかった。聡子は軽くシャワーを浴びて泥を落とし、ベッドにもぐりこむと、久しぶりに熟睡した。

杏子「起きて！　あなた、起きて！　睡蓮の花が咲いている。すごくかわいい」
明け方、その声にはね起きた僕は、恐る恐る居間をのぞいた。
杏子「あなた、見て。かわいい男の子よ」
岡村「本当だ、男だ」
杏子「そうよ、立派な男の子よ」
まるで、子供が生まれたかのようなセリフを、僕たちは交わしていた。
杏子「なんて、かわいいの……」
でも、それはかわいいなんてものじゃなかったのだ。僕にとってはグロテスクの一言に尽きた。プリンセスがミロのビーナスなら、これはダビデ像だった。筋肉隆々とした男で、そして……そこにはしっかりとした男性器さえあったのだ。僕は絶句していた。杏子のようにそれをかわいがる気も起きなかった。しかし、彼女はそれをかいがいしく世話した。
ある夜、僕がトイレに起きると、居間の電気がついていて、杏子の声が聞こえるのに気がついた。
杏子「やっだー（笑）」
僕はそっと居間をのぞいた……杏子がリトルプリンスの鉢の前に座っていた。
杏子「まあ、どうして、そんなことがあなたにわかるの？　夫だって知らないことなのに」
部屋に響くのは杏子の声だけだった。プリンスの声は僕には聞こえなかった。
僕は咳払いした。
杏子「だめよ、そんなこと言っちゃ。いやあねえ」
岡村「杏子」
杏子「あ、あなた！　いつからそこにいるの」
岡村「その睡蓮は捨ててきた方がいいな」
杏子「え」
岡村「その睡蓮は、そろそろ花も終わるし、どこかに捨ててきた方がいいな」
杏子「だめよ……」
岡村「明日の朝、僕が捨ててこよう。君は何も心配することはないよ。僕が全部やってあげるからね」
杏子「そんな……」

僕は真っ青な顔をした妻を居間に残して、ベッドに戻った……そして、朝になると、杏子はいなかった。バケツと睡蓮もなくなっていた。

それから、聡子は花ゲリラにたびたび参加するようになった。

初めの頃は自作の苗を持参していたが、それも手持ちがなくなり、近所のホームセンターで購入するまでになった。もちろん、手ぶらで参加する人もたくさんいる。でも、聡子は「自分が苗を持っているから」という口実がないと、なかなか仲間に入りにくかった。

パンジーの苗も、旬の時期になるとどんどん安くなったので、経済的にはそうむずかしいことはなかった。ホームセンターのガーデニングコーナーで、何度もパンジーの苗を大量に買い、自宅に届けさせる聡子は目立つようで、若い男性店員に名前と顔を覚えられた。

「また、パンジーですか」

二十代で、麦わらのような髪の色をした青年はからかうように聡子に言った。

「ええ。これが好きなんです」

思わず口ごもりながら答えた。

「ずいぶん、広いお庭なんですね」

「ええ、まあ」

そんな会話をしてからはさらに彼は人懐こく寄ってきて、「またですか。本当にすごい豪邸なんですね！ 一度、お庭を見てみたいな」などと言うので、困ってしまった。

けれど、聡子が一人で行ける範囲で、たくさんの苗を扱っている店はここだけだった。値段も手ごろ、しかも、二千円以上購入すれば無料で家まで運んでくれる。

「フラワーフローです」

苗を大量に買った後、玄関で待ちに待った声がして、慌てて開けると、そこには麦わら色の髪の青年が笑顔で立っていた。店には専門の配達員がいるのだが、ちょうど手が空いていなくて、自分が来たのだ、と説明された。

「お庭まで運びましょうか？」

彼はそこがマンションであることに戸惑いながら、まだ、濁りのない瞳で尋ねた。別の場所に庭があることを疑いもしていない。

「……庭じゃないのよ」

いくらでも、言い訳はできる、と聡子はわかっていた。すぐに思いつく嘘もいくつかあった。けれど、あまりにも彼が素直な目をしていたので、言えなかった。

「実は……ボランティアでこういう苗を道端とかに植えていて」

「ボランティア？」

聡子は説明した。花ゲリラのこと。殺風景な街に、花と緑を植える活動のこと。自分はそこに何かを見出していること。

「詳しく教えてください」

説明しながらつい下を向いてしまった聡子は、その声で顔を上げた。

彼は真剣な顔でこちらを見つめていた。

「ぜひ、教えてください。僕もそういう活動を探していたんです」

ＳＥ　電話の音。

岡村「もしもし？」

警察官「あのう、そちら、岡村靖さんのお宅でしょうか」

杏子が失踪してから三日後、警察から電話があった。

岡村「はい。そうですが」

警察官「わたくし、杉並署生活安全課のものですが……実は奥様の杏子さんのことで」

岡村「杏子は無事ですか！　今どこにいるんですか！」

警察官「杉並署の方で保護していまして……念のため、今、病院に行っていただいています」

岡村「彼女はどこにいたんですか？」

警察官「公園のベンチに座っていたんです。裸足でね」
岡村「バケツを持っていましたか?」
警察官「バケツ? いえ、何も持っていませんでしたよ。奥様にちょっとお話をお聞きしましたが、特に事件性はないようでしたので、すぐに帰宅できそうですよ。ただ……」
岡村「ただ、なんですか」
警察官「……奥様は妊娠していらっしゃいます」

「もしかしたら、どこかで、雨宮さんがそういうことをしている人なんじゃないかと思っていたのかもしれません」

麦わら色の髪をした彼は、花ゲリラの活動の後、聡子を真夜中のファミリーレストランに誘って言った。

「花屋って、食品ほどではないですけど、廃棄が出るんですよね。パンジーの苗なんかは大量に仕入れるから必ず余るし、店の片隅で見切り品にしてもあまり売れないし。他の品物と違って、あいつらは生き物ですから、捨てるのは忍びなくて」

メールアドレスは教えてくれたけど、名前は名乗らなかった。聡子は心の中で彼をムギ、と呼んだ。

あの頃、治療は最終段階に進んでいた。

体外受精にも種類があり、他の方法と同様、何度かの失敗の後に次の段階に進んでいくのが普通らしいが、聡子の治療は母の意志によって性急に進んでいった。

聡子は前の週に、胚盤胞（はいばんほう）移植を受けていた。現代医療で最も長い期間、受精卵を培養した後で移植する方法で、体外受精としては「ほぼ最終段階の治療です」と医師には言われていた。

これが最後の機会かもしれない、と聡子はぼんやり考えていた。

「駅前の花壇なんかが枯れた花をそのままにしてあると、何か植えさせてもらえないかなあ、っていつも思ってました。だけど、正式にそれを申し出るとなるといろいろ面倒そうで」

「そうね」

聡子はほとんど話さず、ドリンクバーから取ってきた青いソーダ水を飲んでいた。その青さが舌を染めるのではないか、こんなものを飲んでみっともないのではないかと怯えながら。

「夜中に全部植えちゃうっていい考えだなあ、と思いました」

ムギが黙ると、店内は静まり返った。客は数人で、皆、一人で来ていた。店員も一人しか見えず、奥に引っ込んだままで、テーブルの上のベルを鳴らさないと、出てこない。

世界がすべて、この青いソーダ水のようになってしまって、店の周りを沈め、ここだけしか残っていないような気がした。

杏子が帰ってきてから、僕はさりげなく杏子を避けていた。杏子が僕の様子に不満を持っているのはわかった。でも、僕には杏子のお腹の中の子がどうしても自分の子供だという実感がわかなかった。いったい奴は何者なのだ。どうして僕たちの生活に入ってくるんだ。

杏子「ねえ、今日、ものすごくたくさん動いたのよ」

岡村「え、何が?」

杏子「いやねえ、赤ちゃんに決まっているじゃない」

岡村「そう?」

杏子「ねえ、触ってみて。あなた、今まで一度も私のお腹に触ったことないじゃないの」

恐れていた時がやってきた。確かに、僕はこれまで何度も、杏子にお腹に触ってくれと言われても適当にごまかしてきた。杏子の目は笑いながらも、真剣だった。今日はごまかせない。

杏子「ね、触ってみてよ。あなたの子供だって実感できるから!」

僕はおそるおそる杏子のお腹に手を近づけた。きっと生温かくてぐにゃぐにゃしているんだろう。今一番触りたくないものだった。僕の手は杏子のお腹寸前で動かなくなった。

杏子「ねえ、どうしてよ。どうしたのよ。どうして、いつも私のお腹に触らないのよ。なんかあるの?」

岡村「別に深い意味はないよ」

杏子「ないわけないじゃない。あなた、一回も子供ができてから喜んだことないし、ずっと気味悪そうにして、私のこと見ているじゃない。はっきり言いなさいよ。子供が欲しくなかったの?」

ここで言うべきなんだろうか、言ってもいいんだろうか、決定的な僕の疑問を。

杏子「なんなのよ、言いなさいよ」

岡村「……その子は……僕の」

杏子「僕の何よ」

岡村「僕の本当の……」

杏子「本当の?」

岡村「その子は本当に僕の子供なんだろうか!?」

SE　平手打ちの音

杏子「バカ言わないでよ！　あんたの子供じゃなかったら、いったい誰の子なのよ、冗談言うのもほどほどにしなさいよ！　この子は私とあんたの子よ」
杏子の目は本物だった。本物の母親の目だった。まったく、疑いの余地もない。自分の子を守る、母の目だった。
杏子「ほんと、あんたは最低よ。何を言い出すのかと思ったらそんなこと言うなんて」
杏子は部屋を出て行った。後に残った僕は頭がずきずきと痛み、涙が出た。何の涙かはわからないけど、でも、杏子を愛している、と思った。たとえ、お腹の子が僕の子でなくてもいいじゃないか。妻とリトルプリンスの間にできた、精神的に不義の子であっても。
僕は彼女を追って、寝室に行った。
杏子「ずっとそんなことを考えていたなんて信じられない」
岡村「ごめん……ホント、僕、ずっと自信がなかった。本当に杏子が僕のことを愛してくれているのか、ずっと自信がなかった」
杏子「そんなこと、どうして」
岡村「ずっと、杏子がどうして僕と結婚してくれたのか、わからなかった。僕は平凡なサラリーマンだし、非力だし、魅力もあんまりないしね」
杏子「バカじゃないの」

岡村「居間の蛍光灯を替えるのも、本棚を組み立てるのも、杏子の方がうまいし」
杏子「でも、録画の予約とご飯炊くのはあなたの方がうまいじゃない」
岡村「（笑って）そうか」
杏子「そうよ」
僕はそっと杏子のお腹に手を当ててみた。
杏子「どう？」
岡村「……何も感じない。今は杏子の温かさ以外は何も感じないよ」
杏子「それでいいのよ」

聡子はあの日、明け方に家に帰り、それから二週間余りで妊娠を確認した。

その後、花ゲリラの活動には一度も参加せず、ムギとも会わなかった。

初めてのラジオドラマが最後のシーンを残して書き上がって、聡子は久しぶりに、ライオン先生のブログを開いた。

ここを見るのは実に一か月ぶりだった。シナリオの仕上げに手間どっていたし、ライオン先生自身、更新が滞っていていつしかサイトから離れていた。

初めての作品ができ上がりそうで、わくわくしていた。できたら、先生にそれを伝えたいとさえ思った。

しかし、そのサイトのトップにあがっていたのは、「お知らせ」という題名の文章だった。

「ライオン先生こと、伊藤静子の妹、美佐子と申します。

いつも、姉のブログを見てくださってありがとうございました。

姉は先週、乳がんにて病院で亡くなりました。享年四十七でした。

二十代にシナリオライターとしてデビューして、ずっと仕事一筋の姉でした。一年前に発病してからは、闘病に努めてまいりましたが、病に打ち勝つことはできませんでした。

入院中は、このブログでシナリオの世界につながっていることがただ一つの支えでした。

傍から見ているのでさえつらい闘病生活でしたが、皆さんにたくさん読んでいただいて、これを書いている時だけが楽しそうでした。

姉は最期、遺言通り、自分が書いたＦＭシアターの録音を聴きながら息を引き取りました。

本当に、ありがとうございました」

なんと、ライオン先生は女だったのか。そして、あの激励の文章は病床で書かれたものだった。

聡子は呆然とパソコン画面を見つめていた。

そして、ライオン先生が書いた、最後のブログ記事を読んだ。

「記憶を思い出す作業は終わったか。そしたら、次は、想像力だ。

想像の翼を広げよう。

プロになるには、経験だけに頼ってはだめだ」

たった三行で終わっていた。

想像の翼。

聡子はライオン先生の昔の言葉を思い出した。

「ラジオドラマは、聴者の想像の翼を広げるから好きなのだ」

妹に看取られながら、ラジオドラマが流れる中、亡くなったライオン先生。

彼女が最期に聴いたのはどんな音だったのか。

伊藤静子のラジオドラマを聴いてみたかったし、自分の書いたものを読んでもらいたかった。けれど、それはもう決してかなわぬことなのだ。

一度も会ったことのない人なのに、涙があふれた。

「ママ」

突然、後ろから呼びかけられて、驚いて振り向くと都が立っていた。居間の光がまぶしいのか、目をこすりながら不安げにこちらを見ている。

「ママ、何しているの。泣いてるの」

「みやちゃん、起きちゃったの。ごめんごめん。泣いてないよ」

聡子は慌てて、パソコンを閉じて立ち上がり、都の肩を抱いた。

「ママ、パソコン見ているの?」

部屋の方にいざなおうとしたのに、彼女は振り返って、今閉じたばかりのノートパソコンを見ようとする。

「うん。ちょっとね」

なんとか都を子供部屋に連れていき、ベッドに寝かせた。学習机の椅子を持ってきて、傍らに座る。

「何しているの? お勉強?」

聡子はふっとライオン先生のブログを思い出した。

人ははかないものだ。パンジーの葉に落ちた朝露のように消えてしまう。

本当のことを話した方がいいと思った。

「まだ誰にも話したことないんだけどね」

「パパにも?」

「うん、パパにも。ママね、ラジオドラマを書いてるんだ」

「ラジオドラマ？」

不思議そうに聞き返す娘に説明した。ラジオでやっているドラマがあること、がんばってコンクールに応募しようと思っていること。

初めて人に話した。こんなことを言えるのは、娘であり、家族だからだ。

話を聞きながら、都は寝てしまった。

「ママは、本当はラジオドラマ作家になりたいのかもしれない」

気がつくと、今まで自分でも考えていなかったことを口にしていた。

都の寝顔を見ながら、聡子はつぶやく。

もう、作品を完成させるしかないね。

人も家族もはかないものだ。時々、本当に家族なのだろうか、と考えてしまうほど、遠くに感じられることもある。この子が成長したら、違和感を持つことはもっと多くなるかもしれない。近づいたり、遠ざかったり。でも、他人と違うのは、それでも一緒にいる、ということだ。だから、違和感もまた、家族であることのあかしなのだ。

聡子は目元をぬぐうと居間に戻った。ノートパソコンを開き、原稿の続きを書き始めた。


しばらくして、娘が生まれた。

どんどん人間らしくなっていく娘を見ながら、僕は時々、リトルプリンセスとリトルプリンスのことを思い出す。いったい、あれはなんだったのだろうか？　本当に現実世界に起きたことなのだろうか？　何を僕たちにもたらそうとして現れたのか？　そして、リトルプリンスは妻に何をささやいたのだろうか。

杏子「ちょっとー、あなたー、お風呂から出るから、タオル持ってきて」

僕にもよくわからない。でも、僕は一つ知っていることがある。それは杏子が今でもリトルプリンスの写真を携帯電話の中に持っていることだ。そして、彼女が時々、それをそっと見ていることだ……別にいいじゃないか。そうだとしても、杏子は杏子だ、僕らは変わらない……家族なんだから。

杏子「あなた！　さっきから呼んでいるでしょう！」

岡村「あ、ごめん、ごめん」

杏子「何やってるのよ！　しっかりしてよ、お父さん」

岡村「ごめんなあ……お父さん、ちょっと夢を見ていたみたいだ」

杏子「いつまでも、バカみたいなことを言ってんじゃないわよ！　まったく」

SE　子供の笑い声

僕は幸せだ。幸せなんだろうな……やっぱり。

第4話

昔の相方

笠原晶紀の夫、直樹は最近、何か考えている。

もちろん、人間だから何かを考えるというのは当たり前なんだろうけど、そういうことではなくて、もっと深く考えている。

考えている夫を見ていると、祖母を思い出す。

晶紀の母方の祖母は茨城に住んでいて、農家をしている。そう大きな規模ではないが、田んぼと畑を持っていた。

この祖母の口癖が、「馬には乗ってみよ、人には添うてみよ」だった。

田んぼと畑があったら、一年中、休める時なんかない。朝から晩までくるくる働いて、若い時には、ロードサイドの食べ物屋でパートまでしていた。とにかく、体を動かしていないと気持ちが悪いらしい。

その働きで、体の弱かった夫をささえ、子供四人を東京や地元の大学に入れた。働き者の多い地域で、兼業農家や、二つ三つの仕事を掛け持ちしている人はめずらしくないが、中でも祖母は地元の語り草になっているほどだった。

祖母と祖父は近所の人がもってきた見合い結婚で、その時すでに病気がちだった祖父を両親は喜ばなかったらしい。戦後の男が圧倒的に少ない時代とはいえ、無理に結婚する必要はないのではないか、と反対したそうだ。

けれど、祖母は、彼女の祖母の「人には添うてみよ」という言葉に従った。

「やっぱり、ばあちゃんの言うことは聞いてみるものだっぺ。優しい人だったし、こうして子供にも恵まれて……幸せだ」

法事のたびに、そうくり返している。

祖父は二十年近く前に亡くなった。母の兄妹も農家を継ぐことはなく、田畑は少し人に譲ったりもしたが、今でも、毎月のように米と野菜を送ってくれる。

「ひ孫が食べると思ったら、またやる気さ出てきた。あと十年は畑をやれそうだべ」

お礼の電話をすると、いつもそう言って笑っている。

ああいう人の「馬には乗ってみよ、人には添うてみよ」は本当に意味と重みがある、と思う。

あれは十四の夏のことだった。

晶紀はひと夏、祖母の家に預けられたことがあった。

中二のむずかしい時期になぜ親たちが自分を田舎に預けたのか、今でもその理由を、はっきり聞いたことがない。ただ、当時からなんとなく伝わってくるものがあった。

あの頃、両親はうまくいっていなかった。

少し前から、母親が友達に誘われてブティックに働きに出るようになった。化粧や服装が派手になり、時には夜外出したりした。最初は妻がイキイキとするのを喜んで見ていた父親も、家事や外出についての小言がだんだん増えてきた。

二人が落ち着いて話し合いをするため、夏休みの間、晶紀は祖母の下にやられたのだと思う。田舎で晶紀はずっと機嫌が悪かった。

友達と遊べると楽しみにしていた休みに田舎に追いやられた。祖母と二人で冷房が一台しかない、古くて暑い家に閉じ込められているのが耐えられなかった。

何より、晶紀は不安だった。

どことなく家族がうまくいっていないのは中学生でもわかる。自分の根っこのところがぐらぐらしている、安定していない気持ち。

ふてくされながら、毎日を過ごした。

昼頃起きて祖母の作ったご飯を食べ、形だけ宿題をやってテレビを観、夜はご飯を食べた後、遅くまでゲームをやっていた。

ある朝(と言っても、すでに日は高く昇っていた)、ぼんやり冷めた朝食を食べていると、畑仕事から戻った祖母が晶紀の後ろに立った。

「何が気に入らないのかしらねえが、うちにいるなら働け。明日から、一緒に畑に出るべ」

それまで、まったく小言を言わなかった祖母の怒鳴り声に、驚いて振り返った。

「何よ……」

「くよくよ、つまんないこと考えるぐらいなら働けって」

「だって」

晶紀は下を向いて、冷めた味噌汁を見つめた。

「明日から、畑に行く前、起こすからね」

言葉通り、次の日から、祖母は朝から晶紀を叩き起こし、畑に連れて行った。水やり、草取り、害虫駆除……やらなければならないことは、いくらでもあった。

忙しく体を動かしているうちに、確かに不安は消えていった。体はきしむように痛んだが、心のもやもやは晴れた。

パパやママもこっちに来てお祖母ちゃんと畑をやればいいのに……そうすれば本当に大切なことがわかるのに……そんなことを自然に思えるようにもなった。おかげで近所に住んでいる従姉たちとも仲良くなれた。

「馬には乗ってみよ、人には添うてみよって言うべ」

ある時、祖母が畑仕事の最中にぽつんと言った。

「それ、何?」

晶紀は振り返って、尋ねた。

「ばあちゃんのばあちゃんがよく言ってた……あの子にも言ってやらねば」

めずらしく、祖母の肩が小さく見えた。

夏休みが終わって家に戻ると、両親の仲はあっさり元通りになっていた。なんと晶紀が田舎に行っている間に、妹を妊娠していたのである。母親は仕事をやめ、育児の忙しさに紛れて不仲も解消された。

「どうだった。家は」

晶紀が家に戻ってから、祖母は一度電話してきた。

「……大丈夫だと思う、たぶん」

家庭や父母のことについて、祖母と話したことはなかった。けれど、彼女がちゃんとわかっていたことをその時気づいた。

「よかったな、晶紀」

祖母は高らかに笑った。あの時、祖母は、母に「馬には乗ってみよ、人には添うてみよ」と言ったのだろうか。

夫が何かを考えているのは確かだ。このところ、年末のせいで仕事が忙しくて帰宅が遅く、夜も寝返りばかり打って、寝つきが悪いのもわかっている。食欲がないと言って、朝ご飯もあまり食べない。

自分が祖母のようにできた女房だったら……。

ぼんやりとテレビを観ている彼の背中をただ見つめることしかできない。

直樹が考えている理由はわかっていた。

「ラッカサン」なのだ。

「ラッカサン」は、一年前の年末、M-1グランプリのファイナリストに残ってから、急に人気の出てきた漫才コンビだ。惜しくも優勝を逃したが、見事優勝した「竹鳥(たけとり)バヤシ」以上にテレビに出ていると言ってもいいほどだった。

芸歴七年目、三十歳になる高身長でイケメンのタケルと中肉中背、ごく普通の顔立ちのヨシキの二人組である。特に人気があるのは、ネタも書いているタケルこと、本名、五十川猛(いそかわたける)だった。さわやかな、俳優並みの顔立ちながら、バラエティ番組のひな壇に座ればきつい毒舌で場を沸かす。その端正な顔立ちと攻撃的な言葉のギャップがおかしいと、女子高生を中心に人気急上昇中なのだ。M-1のあとの一過性の人気かと思っていたら、来年一月からレギュラー番組も持つことが決まった。

この「ラッカサン」は、直樹の中学校時代の友人たちで、さらにタケルとは小学校時代からの親友だった。

実はタケルは大学卒業後、芸人を目指してお笑いの養成学校に入学する時に、夫をヨシキより先に誘ったらしい。

「俺が今までで、一番おもしろいと思った人間だから、どうしても一緒にやりたいんだ」

けれど、夫は、大手メーカーの子会社に就職し、ささやかながら順調な社会人生活のスタートを切ったところだった。就職活動中に知り合った晶紀とも付き合い始め、とてもお笑い芸人に転身できるような時期ではなかった。夫は断り、タケルはヨシキを誘って、入学した。

彼らはずっとまったく売れなかった。アルバイトはいくつも掛け持ちしていたし、三畳一間、風呂なしトイレ共同の汚い部屋に住んでいた。

けれど、夫は彼らにずっと親切だった。売れない時代に、何度金を貸してやったかからないし、ご飯を食べさせたり、着なくなった服をあげたりしたことも数知れない。一度など、健康保険の期限が切れていたタケルに自分の保険証を貸して（もちろん違法だ）、金も持たせて病院に行かせたこともあった。

しかも、律儀で友達思いの夫は、彼らが売れてからもヨシキの前に自分が誘われていたことなど、ヨシキや友達に漏らしたことはなかった。

タケルたちがM-1の決勝に残ったこと、売れ始めたことを、直樹がどれだけ喜んでいたか、晶紀は知っている。

決勝戦は晶紀と二人で観ていたが、優勝できなかったことに一度は肩を落としたものの、番組が終わった時には「あいつらやったな、本当によかった」と涙ぐんでいた。

もちろん、お祝いメールはすぐに打ったし、翌日電話で話した時には、もう一度泣いていた。その後、彼らが出る番組は必ず録画して、感想も丁寧にメールしていた。

その状況が変わったのが、この秋のバラエティ番組を観た時からだった。


昨夜も何度も寝返りを打っていた。何より、表情が明るくない。

妻である自分にはすぐにわかるのに、前に何度か「どうしたの、何を考えているの?」と尋ねたからか、この頃、直樹はそれを隠そうとする。まったく隠せていないのに。

「おー、ちゃんとした朝飯だな」

今朝はトーストした食パンとベーコンエッグ、サラダと牛乳という簡単なメニューに大げさすぎるほどの歓声をあげた。

「お弁当も作ったから持って行ってね」

「ありがたい」

しかし、口ほどに食欲はない。牛乳ばかり飲んでいて、パンは一口食べたきり手を付けないし、目玉焼きは箸の先でいじっている。弁当も一応、持って行って空にして帰ってくるが、ちゃんと食べているのかどうか……。

本当に大丈夫なの、つい出かかる言葉を飲みこむ。これ以上、注意したら、夫はもっと無理をして、なんでもないようにふるまうだろう。

直樹はそういう人だった。疲れや不機嫌も、人に悟られまいと押し隠す。周りに気を遣う優しい人だ。せめて、家族の前では気を遣わないでほしかった。

「パン、もっと焼こうか」

二歳の娘の晶美（まさみ）を抱き上げ、自分のパンをちぎって食べさせているのを知らぬふりをして尋ねる。

返事がない。やっぱり、食欲がないのだ。

「お弁当、鶏の照り焼きにしたからね。直樹、好きでしょ」

本当はもも肉を使えば柔らかでジューシーなのだろうが、節約して、胸肉を使っている。丁寧に肉の繊維を断ち切って、しょうがと酒に一晩浸け、柔らかく仕上げた。それに一パック百円の卵で作った薄焼き卵で小松菜を巻いたもの、自家製の梅干しとゆかり、もやしのナムル……格安だが、手間をかけて作ったお弁当だ。

直樹の年収は手取りで三百万ちょっと、決して多い方ではないが、これまで大きな不満を持ったことはなかった。皆、こんなものだと思っていたから。けれど、晶美は大学までやりたいし、できたら郊外でも家が欲しい。家族三人、食費は月二万円までに抑えていた。

そんな晶紀の、心づくしの弁当にも、直樹はちらりと目をやっただけだった。以前なら、「おー、昼が楽しみだ」ぐらいの愛想は言ったものなのに。

安い食材を使って作った弁当に喜ぶだけでも、情けないのかもしれない……晶紀は夫を娘と送り出した後、ふと思い出した。

昨夜のバラエティ番組でタケルとヨシキが「売れてから、自分へのご褒美のために来る場所」として、有名な焼肉屋を訪れて一皿五千円以上する、特上カルビを注文していたから。笠原家では一週間分の食費より高い。

晶紀はあれを観ている夫がいる居間に、入っていけなかった。

夫がどんな顔をしているのか見たくなかったし、自分がどんな顔をしたらいいのかもわからなかった。「もう寝るわね」と彼の後ろ姿に声をかけて、先に寝室に入ってしまった。

夫の同期にはこの秋の異動で課長補佐になった者もいるが、彼は係長どまりだった。

もしかして、直樹は、考えているのだろうか。自分があの時、タケルとお笑い芸人になっていたら、今、あの熱狂や収入を享受できていたのかもしれない、と。

晶紀が一番つらいのはそこだ。

一緒に暮らしている相手、子供まで作った相手が、今の人生とは別の人生を思い描き、夢見ている。

娘をお風呂に入れて寝かせ、キッチンを片づけた。一通りの掃除が終わると、食卓に着いて、財布を開き、レシートを出して今日一日使った金を家計簿に記した。

財布はこげ茶の革を使った、ちょっといい長財布だった。昨年、毎月少しずつ余った食費を貯め、自分と夫のをクリスマスに買った。使い込むほどに味の出るタイプで、晶紀のお気に入りだ。これが一つ、バッグの中にあるだけで、節約に身が入った。

週に一度、食品のまとめ買いをするだけの晶紀の家計簿は、たいして書き込むこともなく、すぐに終わってしまった。

頬杖をついて、ぼんやり時計を眺める。

晶美が手のかからない子でよかった。生まれた時から大きな声をあげたことがないような子で、夜泣きもほとんどない。たくさんおっぱいを飲んでよく寝てくれる。それでも、ほとんど一人だけで子育てをするのはたいへんだった。これ以上、手がかかる子だったら、晶紀も不満が爆発していたかもしれない。

十二時を過ぎた頃、晶紀はダイニングキッチンの照明を常夜灯のみにした。一人でいて、特別観たい番組がない時には、この時間を過ぎると、テレビも電灯も消すことにしていた。少しでも電気代を節約したい。

そして、キッチンのところにあるラジオのつまみをひねった。とたんに、深夜放送の華やかな音が上がる。それをＮＨＫに替えた。深夜十二時からはＮＨＫのニュースを聴くことにしていた。

ニュースでは連日、民主党の事業仕分けが報道されていた。今日は往年のロックスターが会場に行ったのに入れなかったとして、大騒ぎになったことも読み上げられた。

晶紀も今年の選挙では民主党に投票した。子ども手当が貰えることは大きな魅力だった。手当に手を付けず、すべて貯金すれば晶美の大学進学資金になる。しかも、こうして事業仕分けのことを聴いていると、やっぱり世の中が良くなっているような気がして嬉しかった。

ニュースが終わって、「ラジオ深夜便」を少し聴いた後、ニッポン放送にチューニングを合わせる。

オールナイトニッポンは中学生の頃から、友達に倣って聴き始めた。暗闇の中で耳を澄ましていると、不思議と頭の中が研ぎ澄まされていくような気がする。

オールナイトは聴ける曜日はすべて聴いていたが、やっぱり一番好きなのは木曜日のナインティナインだった。晶紀は中学生の頃から、断続的に聴取していた。

昔からおもしろいお兄さんだった二人が、今でもほとんど変わらず、第一線で活躍していることがなんだか嬉しかった。年上の兄弟がいない晶紀には、二人は一歩先の情報を教えてくれる、兄にも思えた。

ちょうど、ナインティナインは仕事でパリに行った話をしていた。ルーブル美術館で観たモナリザが小さかったこと、ミロのビーナスの後ろに回ったら衣装がずり下がっていて半ケツが見えたこと、などが早口でまくしたてられた。

パリに行ってみたいな。ビーナスのケツも見てみたい……。

晶紀は海外に行ったことがない。直樹は学生時代の卒業旅行で、パリとロンドンに行ったことがある、と言っていた。

新婚旅行、海外にすればよかった。あの時は沖縄でも十分楽しかったけど……。

気がつくと、晶紀は突っ伏してしまっていた。ラジオはまだ続いていて、二人の笑い声が聞こえた。晶紀は二人の兄に優しく守られ、寝かしつけられているような気持ちになった。

夫も早く帰ってきて、このラジオを一緒に聴ければいいのに。そして昔みたいに、お笑いについていろいろ話したい。素人の意見に過ぎなかったけど、それは楽しい時間だった。

あんな日々がまた戻ってくるように願いながら、晶紀は食卓で寝入ってしまった。

直樹が悩み出したのは、特上カルビ以前からだ。

あれは、数か月前ぐらいのことだった。

「ラッカサン」が二人で深夜番組に出ていた時のことだ。

最近話題の若手のお笑い芸人ばかり出ていて、売れっ子芸人も集められていて、売れる前の苦労生活を語り合う、という番組だった。一発屋と呼ばれる元売れっ子芸人も集められていて、お金のことをテーマにしていて、売れている時にどれだけ給料をもらったのか、売れない時代にどれだけ苦労したのか、という話で盛り上がっていた。

いつも鳥の着ぐるみを着て「バードウォッチング～俺が見ている～見られている～」と大声で叫ぶだけの、だけど数年前に異常に人気のあった一発屋芸人が一時期月に二千万円の給料をもらっていた、という話で会場をわかせた後、それは起こった。

「どうなん、タケル。お前らも売れなかったから苦労したやろ」

司会の関西出身の芸人、安田が彼に話を振った。

「そりゃあ、苦労しましたよ」

そういう声が聞こえるのを予想しながら、晶紀はぼんやり爪を切っていた。夫はまだ帰らない。今夜は最終電車になるだろう、と考えていた。

番組は夫が録画しておいてほしいと頼んでいったものだ。

お祖母ちゃんは夜爪を切るなってきつく言ってたけど、子持ちの主婦になったらこの時間しか暇がないんだから……。

「ぜんぜん」

思いがけない答えがテレビから流れてきて、晶紀は顔を上げた。

えー、という声が同じひな壇やスタジオ観覧席から上がって、タケルはにやりと笑っていた。それを見た時嫌な予感がした。今から何か怖いことが起きるような。

「なんでや」

タケルのねらい通り、司会の安田は食いついてきた。

「バカがいましたから」

「バカ?」

「まぬけでお人好しの、社会人でちょっとお金を持っている友達がいたんですよ。そいつに連絡して、金がないって言うとなんでも買ってくれて」

「そら、恩人やないか」

「まぬけですよ。俺が嘘をついているのもわからない。ご飯も食べさせてくれるし、くっそみたいな女しかいない安キャバクラにも連れていってくれる。今の俺から見たら、たいして金もないのに」

タケルは冷たい顔で言い切った。さすがにひどいと思ったのか、スタジオがざわめいた。

「一度なんか、俺がキャバクラの女の子に借金作って、それを言わずに五十万貸してくれって頼んだら、理由も聞かずに貸してくれて。そいつ、婚約してて貯めてた結婚資金から出したんですよ。それで結婚できなくなって」

タケルはけらけら笑った。

晶紀は血の気が引いて、体がさあっと冷たくなった。

それは、夫の直樹だ。間違いない。

直樹はどうしても友達を助けなくてはならないと言って、晶紀との結婚を一年延ばしたことがあった。

大事な時期であり、大切なお金だった。それでも、どうしても彼を助けたいと言われて、納得したのに。

「そりゃ、悪いで。タケルも」

いつもは毒舌で鳴らしている安田さえも、タケルをたしなめるように言った。

「ええ友達やないか。それで、ちゃんと金は返したんか」

「返してません。というか、返しません」

きっぱりとタケルは言って、さらにスタジオはわいた。観覧席にいる女性たちが「キャー」と賞賛とも非難ともつかない声を上げる。

「俺はあいつに礼を言ったり、感謝する必要はないと思ってるんです」

「だからなんでや」

「あいつは俺におごって嬉しかったはずです。その分、楽しい時間も提供したし、自尊心も満足させてやったんですよ。あいつ、『ちゃんとこれからのことを考えろよ』とか偉そうに説教して。俺は黙って聞いてやった。いい気持ちにしてやったんだから、俺たちは対等な立場のはずです」

あまりのもの言いに、晶紀はぽかんと口を開けてしまった。あの時、あの金は決して、いい気持ちになるために渡したものではなかった。すごく苦労して貯め、話し合って渡した金だ。

それなのに、テレビの中では非難の声が上がるどころか、どこか、同意の雰囲気に変わっている。

「そうでしょう？　皆さんもそうでしょう？」

タケルは得意げに周りの若手芸人たちに同意を求めた。

「皆さんだって、売れない時代には友達にお世話になったはずです。でも、向こうに少しは嬉しい気持ちもあったということを否定はできない」

そこにいた芸人たちは皆、曖昧に微笑んでいた。タケルの言葉に全面的に同意したわけではないようだが、彼の言い分にも一理ある、と思っているらしかった。

「でも、お前、そんなこと言って、その友達との関係はこれからどうなるんや。ええのんか」

安田が尋ねた。

「大丈夫です。彼はしゃれのわかる男ですから」

平然と答えるタケルの顔がアップになって、大きな笑いが重なり、ＣＭに切り替わった。

晶紀はテレビの前で小刻みに震えていた。

震えながら、テレビのリモコンをつかみ、それを向けて、録画を切った。そして、データを消去した。

テレビを消して、泣いた。

晶紀の思った通り、夫は終電で帰ってきた。帰ってくるとすぐに着替えて、風呂に入り、簡単な夜食を食べた。

「あれ、録れてないよ」

深夜のニュースを観るついでに、彼はハードディスクを探して、不満をもらした。

晶紀は夜食の食器を洗いながら、聞こえないふりをした。

「安田とタケルのからみ、楽しみにしてたのに」

返事がないことを責めもせず、直樹はぶつぶつ言っただけですぐに寝室に入った。晶紀はほっとした。

けれど、数日後、明らかに様子がおかしくなった。

「ねえ」

一度だけ、帰宅してから、晶紀に尋ねた。

「この間のタケルの深夜番組、安田が司会だったやつ、晶紀は観た？」

静かな声だった。夜ご飯の席だった。晶紀は娘にご飯を食べさせていたから、とっさに逃れることができなかった。

「ううん」

たぶん、彼はこの嘘に気づくだろうな、と思いながら首を振った。

「観てない。ごめんね、忘れちゃった」

「それならいいんだ」

直樹はそれをどこかで観たらしかった。今は、テレビ番組がすぐにユーチューブに上がる時代だ。番組ホームページでもう一度観ることができることもある。

いくら、晶紀が夫を守ろうとしても、できないのだ、子供じゃないんだから。

二歳の娘なら、守れる。自分の身を挺し、犠牲にしても。どんなことをしても。だけど、夫は守れない。

二〇一〇年の年が明けた。

調子の悪かった直樹も、年末に忙しかったのと、年始に直樹、晶紀、お互いの実家に顔を出したことなどもあって、少し元気を取り戻したかに見えた。

けれど、四日から会社に行って、またおかしくなった。ここ数日、さらに落ち込んでいるような気がする。

晶紀の目を見ない。一人でいると思っている部屋ではため息ばかりついている。家の中にいる時、スマートフォンに着信の光が点っても手を触れない。晶紀がそのことを指摘すると、「しつこい勧誘の電話だから」だとか下手な嘘をつく。

「ラッカサン」のことさえなければ、浮気を疑っているところだった。

次に何かが起こったら、さすがに問いただささなければならない、と考え始めた頃、それは起こった。

平日の午後、晶紀が掃除機をかけていたら、家の電話が鳴った。

「ああ、晶紀ちゃん?」

結婚前に直樹に紹介されたことがあり、結婚式にも来てくれた男の声だった。

「元気? 直樹、いる?」

タケルだった。

タケルの声を通すと、直樹がナオキに聞こえた。まるで、昔からの友達の一員のように。「ラッカサン」のメンバーのように。

そんなふうに呼んでほしくない、と思った。向こうの世界に、彼を連れて行ってほしくない。いるわけないじゃない、まともな大人の男はこんな昼間に自宅にはいないのよ、と言ってやりたかった。けれど、言えなかった。

「ああ、タケルさん……お久しぶり、ご活躍で」

口から出たのは、常識的なあいさつだ。しかし、それを言えるのが、彼へのせめてもの抵抗なのかもしれないと思った。

「ありがとう」

タケルは意外にも静かな声で感謝した。

「昔から知っている人にそう言ってもらえるのが一番嬉しい」

その「知っている人」を裏切っているのがお前じゃないか。そう心は叫ぶ一方で、ありきたりな言葉だと頭ではわかっても、どこかほろり、とするのを抑えられなかった。

「毎日忙しいばっかりでさ、自分が今、どこにいるかもわからないよ」

では、夢中でやっている中で、直樹に対するひどい仕打ちもしてしまったのか……ほんの少し、相手を許している自分に、晶紀は気がついた。

「晶紀ちゃん、直樹から聞いてない？」

「話？　聞いてないけど……？」

「直樹にAPから電話が入っているはずなんだけど」

「なんの件ですか？」

「直樹にさ、俺の同級生ってことで番組に出てほしいって。APから連絡が行っているはずなんだけど、返事がないらしいんだ」

最初の、落ち着いた様子はどこへやら、タケルはせかせかした早口で、焦ったようにまくしたてた。

聞けば、それは、あの安田が司会の深夜番組への、出演要請だという。

「ほら、同級生登場みたいなシーンがあってさ、直樹にぜひ来てほしいわけ」

タケルによると、三十分の番組で一本丸々、「ラッカサン」の特集をするらしい。

「それに、直樹が欠かせないんだよ。ほら、俺らがコンビを結成する上で、大切なキーパーソンだから。APの山脇(やまわき)さんもそう言って」

「えーぴーって何?」

「アシスタントプロデューサーのこと、ほら、ADとか言うでしょ」

タケルはイラついているようだが、そんなこと、知ったことか。

晶紀にはその番組の構成がわかるような気がした。

前の番組の後を受けて、タケルの「まぬけでお人好しの」友達がどんなやつか、顔を見てやろう、ということなのだろう。直樹がタケルに対してやってきた援助や協力を「偽善」の名のもとにぶった切るつもりなのだろう。

そして、直樹も、それに気がついているから、返事をしていないのだ。

きっと、安田や「ラッカサン」からしたら、夫の直樹はまじめで堅物のおもしろみもない、ただ、人生をまっすぐに歩いてきただけのつまらない人間に見えるのだろう。

「晶紀ちゃんからも言ってもらって、すぐ連絡ちょうだい。絶対、番組に出てほしいから。出ないと番組にならないから」

バカにしているのか。あの番組を観ていなかったと思っているのか。それとも、観ていてもこちらが喜んで応じると思っているのか。

「主人からその話は聞いてないけど」

晶紀は自分の息を整えながら言った。落ち着かないと、不安と怒りで怒鳴りつけてしまいそうだった。

バカにされた怒りだけではない。直樹が「ラッカサン」の側に行ってしまいそうで怖かった。

「でも、同級生なら、他の人でもいいんじゃない？　北高の生徒は他にもいるし、仲のいい人は他にもたくさんいたでしょ、タケルさんなら」

それは嘘だった。センシティブなタケルはなかなか人を寄せ付けず、直樹がいつも他の友達との間に入ってやっていたそうだ。

「いや、それはやっぱり直樹じゃないと」

「でも、直樹は最近仕事が忙しいから、もしかしたら、無理かも」

「そこを何とか」

「それに、直樹、最近、係長になったからあんまり会社外の勝手な行動はできないかも」

それは本当だった。若手社員の頃と違って、そう簡単にテレビには出られないに決まっている。

「だから、そこを何とか。晶紀ちゃんからも説得してやってよ。司会は安田さんだし、直樹も楽しいと思うよ。ほらあいつ、お笑い好きじゃん」

いくらお笑いが好きだからって、どうして日本中に自分がバカにされるとわかっているような場所に行かなくてはならないのか。

懇願する彼の言葉を聞きながら、晶紀は再び、憤りがこみ上げてきた。

「俺たちにもチャンスなんだよ。三十分とはいえ、人生を振り返ってくれるし、ほら、情熱大陸のお笑い版みたいな感じ？『ラッカサン』を一般大衆に認識してもらう、大きなチャンスなんだ」

一般大衆……ファンをもバカにしているのか。

「だからこそ、他の友達を当たってくれた方が、いいと思います。直樹から連絡がないってことは、きっと断るつもりだということだろうし。番組に穴を空けるのも申し訳ないから、他の人に……」

「直樹じゃなくちゃ、だめなんだよ！！！」

ついに、タケルが大きな声で怒鳴った。

やっぱり、と晶紀は自分の考えが正しかったことを知った。

同級生を呼んでご対面させる、とか言って、きっと前の番組を受けて、直樹をバカにしたり、いじったりする場面があるのだろう。

「ごめん」

さすがに我に返ったのか、タケルは小さな声で謝った。

「いいえ」

冷たく、晶紀は応えた。もうこれで電話は終わりになるかと思ったのに、まだタケルは続けた。

「さっき、晶紀ちゃんは、テレビに出るなんて会社に許されない、とか言ってたけど、最近はそんなこと、ないんじゃないかな。企業の宣伝にもなるしさ。好印象だよ。万が一、もしも、会社から了解が得られなかったとしても、深夜番組だし、誰にも気がつかれないよ。ちゃちゃっと出てくれれば……」

「あら、だって、『ラッカサン』が有名になるのに効果があるくらい、人気のある番組なんでしょ？　たくさんの人が観ているんじゃないの？」

タケルは一瞬、答えに窮して黙った。

話にならない、と思った。サラリーマンの世界をバカにしている。自分の友達をどうするつもりなのか。

「だけど、直樹って笑いのわかるやつじゃん。安田さんにいじってもらえるのって、おいしいと思うんだよね。貴重な体験だし、一般人には一生できないだろうし……」

改めて言葉を重ねられたが、晶紀は静かに受話器を置いた。

どうしても話したいことがあるから早く帰ってきて、という晶紀の電話に、直樹は驚いていた。今までほとんど仕事中の夫に電話をしたことはなかった。

しかし、返事は「遅くなると思う」だった。けれど、「どうしても話したい、帰ってくるまで待っている」とさらに懇願すると、「わかった」と言った。

どこかあきらめの混じった「わかった」だった。晶紀の話そうとしていることを、半ばわかっているような。

言葉通り、彼は深夜十二時を過ぎても帰宅しなかった。

晶紀は普段と同じように電気を消して、ラジオだけつけた。

キッチンの窓から、街灯の光で部屋の中は薄ぼんやり明るかった。今夜はニュースもなかなか耳に入らなかった。知らないうちに涙が出てきた。

「ただいま」

気がつくと、直樹が帰宅して、ダイニングキッチンをのぞきこんでいた。家に電気がついていないので、晶紀が寝てしまったと思ってか、音を立てないように入ってきたらしい。

「どうしたの」

真っ暗な中でラジオを聴いている晶紀に驚いていた。

普段、玄関のチャイムが鳴れば、晶紀は灯りをつけ、ラジオを消して、彼を迎え入れる。毎晩、こんなふうに過ごしているとは気がついていないらしかった。

「ごめんなさい、お帰り」

直樹が電気をつけるかと思ったのに、彼はそのまま晶紀の向かいに座った。

「いつも、こんなふうにラジオを聴いているの？」

「……びっくりした？　電気の節約に」

「そんなこと、しなくてもいいのに」

直樹は立ち上がって、電灯をつけようとした。

「あ、やめて」

「どうして」

「このまま、話しましょう」

泣いている顔を直樹に見られたくなかった。今から涙をふけば、その気配に彼は気づくだろう。

もう一度、直樹は座った。

「いいね」

「何が？」

「暗闇でラジオを聴くの。これはＮＨＫ？」

「うん。ずっとしてた」

「知らなかった。俺も、昔、オールナイトを聴いていたよ」

「私も一時になったらオールナイトにするよ。直樹は誰のを聴いていた？」

「やっぱり、ナイナイさんかな」

「じゃあ、同じものを聴いていたんだね」

「……会社にいるのに電話してきたりして、どうした？」

静かな声で、夫は尋ねた。

「なんかあったんだろう」

「……うん」

「何？」

「……五十川さんから電話があった」

晶紀はタケルの本名を言った。今はその方がふさわしいような気がした。芸人のタケルではなく、五十川で。

「そうか」

「連絡来てたんだってね、ずっと」

夫は答えなかった。

「五十川さん、テレビに出てほしいんだって、直樹に」

娘が生まれてから、パパと呼ぶこともあったけど、やっぱり直樹と呼びかけたかった。

「話は聞いている」

「前からずっと頼まれてたんだって？」

「まあね」

「まあねじゃないよ、どうして相談してくれなかったの」

直樹は黙った。

「どうするの」

「そうか……知ってたのか」

「今日知った。だけど、直樹がおかしいのはずっと前からわかってたよ」

「そんなに僕、変だった？」

「変だったよ。気づかれないと思ってたの？　一緒に暮らしているんだよ」

「さーすがー」

「ごまかさないでよ。それで、どうするの？」

「まだ、考えてる」

「考えてる？　決めてないの？　早く決めなくちゃ」

ついつい、声が荒くなった。

「早く決めなくちゃ、向こうにも悪いよ。直樹らしくないよ。出ないにしても、連絡しないと……」

「晶紀に関係ないだろう」

突き放されるように言われて、驚いた。直樹がそんなきつい言葉を口にすることはなかったから。

「そんな言い方……」

「ごめん」

直樹はすぐに謝り、食卓に突っ伏したようだった。彼の影が、窓からのわずかな明かりを浴びて、小さな黒山のように見えた。

「迷ってる」

「……私は、出てほしくないよ」

ありがとう、と暗闇の中から声が聞こえた。

「どうして、お礼を言うの？」

黒山が小さく震えていた。泣いているらしかった。

「泣かないで、あなたは悪くない」

「だって、そう言ってほしかったから」

しぼりだすようにささやいた。

「出なくて、いいと思うよ。ずっとそう思っていた」

黒山が崩れて、大きくなった。顔を上げたようだ。

「断ったら、なんだか、自分が小さな人間に思われそうで」

「誰がそんなこと言うの？　五十川さん？」

彼は答えなかった。考えているらしかった。

「安田さん？　テレビ局の人？　言わせておけばいい。私たちと芸能界は関係ないんだから」

「……自分かな」

「え？」

「自分が、自分を小さな人間だって思うのが一番怖かった。そんなこと、気にしている人間だとわかるのが」

直樹は面倒見のいい、優しい性格だ。けれど、彼の半分はそれが本来の性質だとしても、残りの半分は、自身でそう振る舞おうと努めているところがあるような気がしていた。結婚して、晶紀も初めて気がついたことだったが。

見栄っ張りな奴だと言われるかもしれないけど、晶紀はそこが好きだ。人間が皆、タケルのように好き勝手にふるまったら、社会が立ち行かなくなってしまう。

「じゃあ、そんなこと、思う必要ないよ」

「どういうこと？」

「私が断る。私が絶対にテレビに出てほしくないって言ってる、って伝えて。奥さんが気の小さな、料簡の狭い、笑いのわからない、世間体ばっかり気にしてる嫌な女で、テレビに出るなんて、とんでもない、会社の人に知られたらどうするの、って怒っているって」

「そんな」

「いいの。夫婦ってそういうものでしょう。お互いのせいにして、言い訳して、世間に立ち向かうの、それが夫婦の役割。だから、いいんだよ。私を悪者にしていいから」

ありがとう。今度はどこか笑いを含んだ声が聞こえた。

「笑ってるの？」

「晶紀がそんな肝っ玉母さんになったのか、と思って」

「そうよ。子供ができたんだから、私も肝っ玉母さんだよ」

笑ってくれて、ほっとした。

「タケルさんが今度のことに怒って、友達でなくなってもいいじゃない。あなたにはたくさんの友達がいる。会社の仲間もいるんだから」

「そういうことじゃないんだ」

「どういうこと？」

「あいつの気持ちも少しわかる」

「そうなの？」

「売れたいんだよ、受けたいんだ。友達をダシにしても、皆を笑わせたい。それだけなんだ。きっと。俺があいつでも同じことしたかもしれない。それに、僕にも、確かに頼られて嬉しい気持ちがあった。それはあいつが言うように、上から目線だったかもしれない」

それで、晶紀は一番知りたい、でも一番言いにくいことを聞いた。

「……もしかして、後悔してる？」

「どういうこと？」

「私と結婚したの、後悔している？　本当はお笑いの道に進みたかった？　タケルと一緒に」

直樹はまた、答えなかった。今度の沈黙は重くて、晶紀は立ち上がって、ラジオのつまみをひねり、NHKラジオからニッポン放送に切り替えた。

オールナイトニッポンの、あのトランペットの特徴的なオープニング曲が流れてきた。

——こんばんは。ナインティナインの岡村隆史です。

——矢部浩之です。

——僕はこれが仕事始め。

——僕もです。

——今年もまた、中学の時の同級生、高校の時の同級生と飲んできましたけれども、今年はある男の出現によってなんか変な空気になりましたわ。

直樹の返事が保留になったまま、二人は耳を傾けた。

岡村さんは正月に実家に帰った、という話を始めた。

——二日の夜に家に帰って、三日に高校のサッカー部の友達と会って、四日に中学の友達と会って。

そうだ。岡村さんと矢部さんも高校のサッカー部の先輩後輩で、今でも地元の仲間と帰郷した時には会うと言っていた。彼らのことはたびたびラジオで名前が挙がるから、晶紀でさえ、一人一人の特徴を思い描くことができるほどだった。顔を見たこともない人なのに、勝手にその姿を想像していた。

——あいつ、仕事で大阪に帰るから会おう、って皆に連絡してきよんねん、皆、そのために予定を空けるわけよ。それでもいつまでたっても連絡ないから、こっちから電話したら、もう仕事の人と飲んで酔ったから帰るわって、それが二度三度あるねん。それが今年、正月は皆に会いたいわあ、ってしらっと来て、鍋食いだした。皆から金、借りたことも全部、忘れてんねん。

岡村さんは、以前から皆に不義理をしてきた人がしゃあしゃあと飲み会に来たことに不満があるようで、愚痴っていた。矢部さんはそれに半ば笑いながら相槌を打っていた。話の流れは昔のサッカーの試合の思い出から、岡村さんの別の同級生のことになった。

――そんなのに比べたら、まだあいつの方がずっとええやつや。

矢部さんはその名前を聞くと、すかさず言った。

――あの人、僕のね、制服のズボン、パクった……。

――ああ、あれは出来心。あれはほんの出来心。すぐ返しよったやろ。

――でもね、岡村さんね、更衣室で、ボンスリ取るのはだめでしょ。

話は高校時代、矢部さんが制服の、当時ボンタンスリムと呼ばれていたズボンを先輩に盗られて、岡村さんと一緒に取り返しに行った話になった。この話はラジオの中で何度か繰り返されている、ナインティナインの有名な話だ。

――だからね……金八の校長先生が言うやろ。出来心やねん。できごころ。

その言い方がおかしくて、直樹が思わずぷっとふき出した。

晶紀も昔から、好きなエピソードだった。話の内容は知っていても、落語のように何度聞いてもおもしろい。後輩の矢部さんが迷いなく、先輩の岡村さんの家まで行って相談した、ということが、当時からの二人の絆を物語っているように思えた。

――あいつ、お前のボンスリ、はきたかったんや。だから、お前とボンスリ取り返しに家に行ったら、そのままお前のボンスリはいてたやろ？　上は着替えとったのに、下、ボンスリはいとったやん、あいつ。

――俺のベルトもそのままつけて。

――そうや。家に帰っても着替えへんほど、お前のボンスリはきたかったんや。それだけや。

――僕のボンスリがかかってたハンガーに、代わりに自分のズボンかけて帰ってね。

――あれは、あいつの優しさやないかい。ドロドロのジャージじゃ帰れへんやろ、って。

はははは、思わず、晶紀と直樹は声を合わせて笑ってしまった。

「……こんなふうに話してくれてたらよかったのにね」

「……芸人になったらよかった、と思ったことは一度もない」

二人の声は同時だった。お互いに驚いたのか、ちょっと黙った。そして、相手の言葉について考えた。

「ほんとに？」

「本当。僕があの時、タケルの誘いに乗って一緒にやってたら、売れっ子になって贅沢な暮らしできたかもしれない、とか、考えたこと、一度もない。自分にそんな才能ないと思うし」

「でも、タケルさんは」

「あれは、僕が高校時代の時のレベルでおもしろかった、というだけのこと。今、タケルもヨシキもレベルアップしている。僕が社会に出て成長したようにね。それに、僕には十年も売れない貧乏時代を耐えられなかったと思う。途中で絶対に投げ出していた」

そして、しばらく黙った後、タケルはよくやったよ、とささやいた。

「だけど、タケルはそうやっておもしろくなって、売れる代わりに、たぶん、なんかを……」

途中で言葉を止めた。

「なあに?」

「いや、なんでもない。とにかく、タケルはよくやったよ。だけど、前のタケルとは違ってしまったから」

晶紀はわかった。タケルは絶対に放してはいけない人間の手を放してしまったのだ。

しかし、それをしてでも彼は「売れた」かったのだ。

そして、それこそが「売れる」ということであり、タケルが大切なものを失ってでもなりたかったことなのだ。

「かわいそうだね」

「何が」

「タケル君はこんなにいい人の手を放してしまって」

「妻が夫をベタベタ褒めているなんて、傍から見たら気味悪いだろうなあ」

そして、直樹は続けて言った。

「友達だったら、それを見守ってやろうじゃないか。ただ、僕自身の誇りを捨てることはしない」

「わかった」

「それに、タケルに岡村さんの話術と同じレベルを要求するのは、さすがに酷だよ」

「確かに」

晶紀は暗闇の中で立ち上がりながら涙をふいた。

「もう寝よう」

直樹も立ち上がって、晶紀の肩を抱いた。そのまま、晶美が眠っている寝室に歩いて行った。

久しぶりに、祖母から野菜を詰めた段ボール箱が送られてきた。搗き立ての米と一緒に、白菜やジャガイモが入っていた。

「お祖母ちゃん、ありがとう」

晶紀はさっそく電話をかけた。

「晶美ちゃん、元気か。写真、送れ」

祖母は、携帯電話はどうにか使えるものの、メールに添付した写真を見ることはできないから、晶紀は必ず、プリントアウトした写真を送っている。

「わかった、今度送るよ」

近所や従姉たちのよもやま話をした後、晶紀は思わず、ため息混じりに言ってしまった。

「お祖母ちゃん、夫婦って、むずかしいね」

受話器の向こうから、しゃがれた笑い声が聞こえてきた。

「晶紀が、あの晶紀が、そんなこと言うようになったんだねえ」

私も歳をとるわけだ、しみじみと言った。

「だって、本当に大変だったんだから」

あのね、と晶紀は一連の騒動を話そうとした。けれど、祖母はそれをさえぎった。

「馬には乗ってみよ、人には添うてみよ、だべ、晶紀」

そうだ、この祖母はこういう愚痴も嫌いだった。噂や愚痴で時間をつぶすのは、一番つまらないと言って。

「そうだね」

「晶紀がそんなに大人になった、とわかったら、ばあちゃんも安心だよ」

長電話も大嫌いな、働き者の祖母はさっさと電話を切った。

「人には添うてみよ、か」

スマートフォンをテーブルに置きながら、晶紀はつぶやいた。

それは、自分が添うた人の運命に乗ってみろ、ということではないだろうか。

いつか、晶美にも言ってやれる気がした。

第 5 話

We are シンセキ!

「うわー、だっさー」

教室の端から男子の大きな笑い声が聞こえてきた。篠崎来実(しのざきくるみ)は自分のことを言われたような気がして、首元がひやりとした。

「くーちゃん、どうしたの？」

前の席から体をねじっておしゃべりしていた佳那(かな)が尋ねてきた。

「なんでもない」

けれど、佳那は来実の視線を追って、廊下側の席でじゃれ合いながらダサいダサいとお互いを罵っている数人の男子を見つけていた。どうも、中の一人が持ってきた、アニメ雑誌についてはやし立てているようだ。決して本心からではなくて、ふざけているらしい。

「だんしー！　うるさいって。騒ぐなら廊下でやってください」

佳那に怒鳴られた彼らは、本当に首をすくめて、教室の外に出て行った。

「つーかさ、あいつら全員ダサいっちゅうの。ダサい奴がダサいって言っても情けないだけで、意味ないじゃん」

確かに彼らはクラスの最下層メンバーだった。アニメ雑誌を持ってきたのは漫研の男子だし、他も囲碁将棋クラブ（部活でさえない）やら、美術部やら、放課後に集まってこそこそもちゃもちゃやっている連中である。

その中の一人、囲碁将棋クラブの里中君は来実の小学生の時からの知り合いだ。昔は普通に話したし、お母さん同士も知っているし、家にも遊びに行ったことがある。他の子も一緒だったけど。その時は、皆に将棋を手ほどきしてくれたものだ。おかげで来実も駒の動かし方ぐらいは知っている。

けれど中学になって、彼が「ダサい」グループに入ってから、話さなくなってしまった。確かに、里中君は背が高くないし、スポーツはできないし、変なメガネをかけているけど、優しいし、頭もいい人だ。

だいたい、そんなジャッジを下した佳那や来実だって、別にクラスの最上級層の女子、というわけではない。不良でもないし、最下層でもない。まあ、真ん中より少し上、というところ。

しかし、だからこそ、佳那はこだわる。少しでも上に行こうとして、そして、自分のレベルがわずかでも下がらないように細心の注意を払っている。この間、佳那が学校に持ってきた『Seventeen』を、最上級女子の一人である井上美月ちゃんが「見せて」と言ってきて、彼女は本当に嬉しそうだったっけ。美月はアメリカ人と日本人のクォーターで、読モとして一回だけ中学生向けのファッション誌に出たことがある。背が高く、色が白くてほっそりし、髪と目は薄茶色だ。クールな容姿なのに、なぜか声はアニメの声優さんみたいに鼻にかかって甘い。美月が出た雑誌は『Seventeen』みたいなメジャー雑誌じゃないし、もう休刊しちゃったけど、それは錦の御旗のように彼女を輝かせている。いつか、声優かローラみたいなタレントになるんじゃないか、って皆、噂している。

里中君は美月のことが好きらしいともっぱらの噂だ。彼が女の子に興味があるとは思えなくて、それを聞いた時は本当に驚いたけど、彼が美月に「声がかわいいね」と言ったのは確からしい。あのアニメ好きたちと付き合っているうちに、感化されたのだろうか。

おとなしいのに、美月が好きだなんてキモい、むっつりスケベだ、と女子の間ではちょっと気味悪がられているらしい。

来実も上昇志向の強い佳那に合わせているけど、最近時々、いろいろ考えてしまう。もしも、里中君がプロ棋士になるぐらい将棋が強くて、「最年少、中学生プロ！」なんてテレビに出たりしたら、皆、彼のこと、カッコいいって言い出すんじゃないだろうか。

里中君、よく見ると結構顔立ちが整っているし。

ダサいとイケてるの間（はざま）には何があるんだろうか。

私も、将棋とか、本当は結構好きなんだよ。

廊下の方に向かって、そっとつぶやいてみる。

しかし、将棋はともかく、あっちの方は絶対に誰にも話せない。絶対に。


週末の来実は暇だ。

中学入学当時は佳那と一緒にテニス部に入っていた。本当は小学校から得意だったバスケットボール部に入りたかったけど、バスケは突き指しそうで怖い、という佳那に反対されたのだ。

結局、夏休みぐらいに「玉ひろいばっかりやらされて、バカみたい。今から錦織くんみたいになれるわけでもないし」と佳那が言いだして、二人してやめた。それから、休日は家でだらだらしているか、佳那の家に行くか、近所のショッピングモールに行くしかない。お金はないから、洋服のショップをのぞいたり、ゲームセンターをのぞいたり、やっぱりそこでもぶらぶらするしかない。サーティーワンのアイスを一つ買って二人で分けるのが一番の贅沢である。

来実の父親は子供だけでモールに行くのをすごく嫌がる。

「あんなところに出入りして、男に声をかけられたりしたらどうするんだ」と母親に言っているのを聞いた。だから、佳那の家にいる、と嘘をついている。

勉強は来年、三年生になってから始めればいいと思っている。佳那もそう言っているし。

なんでも、佳那の言いなりになっている自分が少し情けない。

こんなことをレモンさんが聞いたらどうアドバイスしてくれるだろうか。

レモンさんは来実が毎週聴いている、「全国こども電話相談室・リアル！」のパーソナリティーだ。

これこそが来実が最も秘密にしたいこと、絶対に人に知られたくないことだった。毎週、ラジオでこども電話相談室を聴いているなんて。

ダサさの最上級だと思う。

いや、ダサいの通り越して、「寒い」とか「キモい」とか「しょっぱい」とか言われるかも。

来実だって思う。ラジオの電話相談室。ださっ。

しかも、レモンさんはことあるごとに、「Ｗｅ ａｒｅ シンセキ！」と言う。なんだよ、ウィーアー親戚って。

初めて、それを聴いたのは、日曜日の朝のことだった。

朝食の席で、親とケンカした来実（つまんないことだった。来実が食卓で髪をいじってばかりいるのを父親から注意された）がふてくされて部屋にこもった。

来実の部屋にはテレビがない。

小五の妹の美玖と同じ部屋だ。まだ幼稚園の弟の翔太は両親と寝ている。だから、親が災害時用に買ったラジオを部屋に持ち込んで時々聴いていた。夜は美玖がうるさがるから聴けないけど、昼間とかFMを流しているのは気持ちがいい。

その日、つまみをひねっても、FMで来実が好きそうな音楽はなかった。来実は海外の女性歌手、アメリカの十代が聴くような歌が好きだ。アヴリルとかテイラー・スウィフトとか。これだけはJ-POP好きの佳那にも合わせられない。

それでAMに替えた。

流れてきたのが、メールできた女の子からの相談を読みあげるレモンさんの声だった。女の子はバレー部に所属していて、先輩がいつも怒っている。怖くてやめたいけど、バレーは大好きなのでやめたくない、ということを話していた。

あの時、どうして自分のラジオのつまみをひねる指が止まったのか、来実はよくわからないのだった。ダサいと思った。今どき、電話で、ラジオで、悩み事を相談するなんて。だけど、最後まで聴いてしまった。

来実の学校では、そこまで怖い先輩はいない。だけど、彼女の気持ちはわかった。押すも引くもできない、板挟みになった宙ぶらりんの気持ちを。だから、消せなかった。

「さあ、We are シンセキの皆さん、悩めるバレー部のミントちゃんにお力を貸してください。メールアドレスは……」

うわ、ウィーアー親戚って何？　私たちは親戚ですってこと？

そりゃ、親戚のように親身になって相談に乗ってあげようっていう意味なのはなんとなくわかるけどさ。なくない？　絶対、おかしくない？

だけど、本当に、全国からシンセキたちが集まってきたのだった。

顧問の先生に相談すべしと言う人、いや、じっと我慢して自分が先輩になった時に後輩たちには同じことはしないようにしろと言う人、一足飛びに教育委員会に訴えろと言う人、先生、親、立場にかかわらず、できるだけ広く相談して今の実情を知ってもらった方がいいと言う人……意見はさまざまだったが、皆、「ミントちゃん」のことを真剣に考えてメールを送ってきていた。

来実は結局、最後まで聴いてしまった。

ダサかった。だけど、それだけにほっとした。

当時の来実はどこか、「リアル」をバカにしていた。現実は、常に自分を抑えて、空気を読んで友だちに合わせなければいけない息苦しいものだった。それだけに、ラジオで、公共の電波で堂々と本音が明かされているのは衝撃的だった。

「くるみー、おやつにパンケーキ作るけど、食べる？」

だから、遠慮がちにドアをノックして来た母親に、「食べる」と素直に答えられた。

それから来実は毎週、「全国こども電話相談室・リアル！」を聴くようになった。

しかし、その習慣をも揺るがす、とんでもないことが起きたのは先週のことだった。

「雪や雨など上空から落ちてくる液体や固体の水を降水と呼ぶ。雲を形成している水滴や氷の粒は非常に小さいので落下しない。これらが互いにぶつかって大きな粒になると重くなって落ちてくるのが雨や雪である」

元読モの美月が、教室で理科の教科書を読んでいるのを、来実は斜め後ろからじっと見ていた。

鼻にかかったアニメ声を通すと、ただのつまらない一文が学園もののセリフに聞こえてくる。

それを皆も感じていたのか、美月が読み終わったとたん、笑いが起こった。担任の河西までが、「井上が読むと別のものみたいだなあ」と笑った。

美月はただ声がかわいいだけではなく、さらに甘えた抑揚をつけていた。わかっていてふざけているのだ。それなのに、河西は注意もしない。

「だってー、生まれつきこういう声なんですー」

美月はふくれて、ぺたんと椅子に座った。笑い声はさらに大きくなった。もちろん、怒ったのもただのふりだと、来実にはわかる。

今の河西は、若い男性教師が少ないこの中学ではまあまあイケてる方だけど、チェックのシャツとかいつも持っているリュックとかに、どことなく「元オタク」の匂いをさせている。オタクなら美月をかわいがるのも納得だ。それも彼女を助長させている。オールドミスの英語教師、おっかない和泉先生の授業では、絶対にこんな読み方しないのだから。

河西先生、嫌いじゃないけど、こういうところはあんまり好きじゃない、と来実は思う。

それでも、一人だけ不機嫌な顔もできず、口角だけ上げて、目をそらした時、里中君と目が合った。彼はにこりともせず、こちらを見ていた。

好きな人が笑われているのが気に入らないのかな、とまたさらに嫌な気持ちになった。しかし、来実が、美月の声に耳を集中させるのは、皆の反応を探ること以上のわけがあった。

先週の出来事だ。

来実はいつものように、「全国こども電話相談室・リアル！」をベッドに寝ころびながらぼんやり聴いていた。

「次は東京都在住、中学二年生の『ローリーよりローラ』さん……ちゃんかな？　心配なメールだったので、電話で相談しようと返信しました。それで、『ローリーよりローラ』ちゃんとお電話つながっていまーす。もしもーし」

「はい」

「レモンさんです、聞こえますかー!」

「はい。大丈夫です」

最初はよく似ている声の人がいるなあ、というぐらいだったのだ。

「君、すごく声がかわいいね。声優さんみたい。言われない？ 皆に」

「ローリーよりローラ」と名乗った女の子は嬉しそうに笑った。

「言われませんー、もう、そういうこと言われるのが一番やだあー」

「そう？ プロになれそうだけどな。ごめん、ごめん。それで『ローリーよりローラ』ちゃんのお悩みは何かな」

「あのぉ、部活にいじめがあるんですね」

「うん」

「その中に……ええと、Aちゃんという子がいて」

「ちょっと待って、『ローリーよりローラ』ちゃんは何部なの？」

「チアリーディング部です。応援団部の中の」

そこで、来実は思わず、がばっと身を起こした。美月はチアリーディング部だし、そのチアは応援団部に所属している。

「そのAちゃんは、初めは皆と仲良くて、普通に話していたんだけど、この間の大会でミスしちゃったんです。一番大切な最後のところで、ポンポンを落としちゃったんですよ！」

「えーそれは大変だ」

「それで、決勝には進めなくて、Aちゃんは大泣きして、皆も泣いて、『ごめんね、ごめんね』って、で『もういいよ、もういいよ』って慰めて」

「皆、優しいじゃない」

「そうなんだけど、次の日になったら、Aちゃんはけろっとしてぜんぜん落ち込んでいないんです。反省会でも『今回、決勝に進めなかったのはお互いを信じる力が足りなかったから』とか言うから、あたしたち『えーーー！』って。ぜんぜん反省してねーじゃん」

興奮すると彼女の声はさらに鼻にかかってきて、美月の話し方に似てきた。さらに怒れば言葉遣いが汚くなるのも、その特徴だ。男子や大人の前以外では、実はすごい乱暴になることもある。

「それで、むかつくから、無視しようってことになって」

「『ローリーよりローラ』ちゃんも無視しているの？」

「え？ 違いますよ！ 私はそんなことしません」

彼女は少し慌てたようだった。

来実はさすがレモンさんだと思った。大人らしく、冷静に的確に突っ込みを入れている。甘い声なんかに騙されていない。

「私以外の皆が無視してるんです」

「そうか」

「だから……つらいんです。私は何もできなくて……本当は『いじめなんかやめなよ』って言ってあげたいんだけど、でも、そうしたらあたしがいい子ぶってるって言われるかもしれないし、何もできなくて」

「つらいんだ」

「そうなんですう」

つらい、と言いながら、どこか彼女はいきいきしていた。

少なくとも、来実にはそう聞こえた。

「さあ、それでは、We are シンセキの皆さん! 悩める『ローリーよりローラ』ちゃんにアドバイスをお願いします。メールは……」

気がつくと、レモンさんがいつもの言葉を叫んでいた。

来実はラジオを聴くようになって気がついたことがある。

本当は話したいのだ。

まじめに、話したい。

誰か話せる人が欲しい。なんでも話せる人。正論を言う恥ずかしさとか、こんなこと言ったら馬鹿にされないかとか、考えずに済む人。

例えば、「昨日、ツイッターで読モのミカサちゃんが使ってた、色付きリップクリームを帰りに見に行く？　先生に見つからないかな」とかではなく、「佳那ちゃんは傷つきやすいよね。お父さんとお母さんが離婚したこと、『うち、離婚だからさ』って軽く言ってるけど、本当はそれで誰かにいじわるされないかって怖いんでしょ。だけど、誰もそんなこと思わないし、そうやってがんばってるの、大変じゃないかな」って話せたら。

そんなこと、絶対に言えない。怒られるかもしれないし、何マジになってんの？　ってバカにされるかも。

だから、今の友達にはできない。残念ながら。

来実にも問題があるのかもしれないけど、学校にはそういう人がいない。

皆、バカにされないよう、ダサいと言われないよう、お互い、びくびくしながら生きている。

そうして見つけたのが、「リアル！」であり、「Ｗｅ ａｒｅ シンセキ」と叫ぶレモンさんの番組だったのだ。なんでも話せる大切な親友のような存在だった。

来実は知っている。いや、学年の誰もが知っている。

チアリーディング部のAちゃん……本当は宮川清海がいじめられているのを。その理由も。

ポンポンを落とした清海を美月が怒って、「しばらく、反省させた方がいい」と言った、と聞いた。いじめよう、と直接命令したわけではないが、美月の意を汲んで、皆、無視するようになったそうだ。

清海とはクラスが一緒になったことはないから、来実は話したことはない。

背はそんなに高くなくて、チアの他の子に比べたら、痩せてもいない。どちらかというと、がっちりした体格。顔は横に平べったくて、お世辞にも美人とは言えない。チアというより、ソフトボール部にいるようなタイプの女の子。明るくて、いつもわーわー、声を出していて……でも、それが時々ちょっとうざい。

必死になっているな、と来実は見ていた。チアには、美月を始めとした、顔もスタイルもいい子が集まっていて、清海はそれに懸命にぶら下がっている感じ。

チアは校門前のコンクリートの広場のところで練習しているから登下校の時いつも見える。皆が二、三人ずつまとまって楽し気に話している中、清海はどのグループにも入れずうろうろしていた。ボケ役に徹して馬鹿にされて笑われたり、あからさまに嫌な顔をされたりしていた。

あそこまでしてどうしてチアにいるんだろう、といつも思っていた。ダンスが好きなら、ダンス部があるし、音楽が好きなら軽音もブラバンもある。

チアに入って、皆の高みに上り、ちやほやされたいんだろう、と漠然と感じていた。だから、その清海がハブになった、と聞いても、来実を始め、女子は誰も同情しなかった。

分不相応なところに行っているんだから、仕方ない。っていうか、あたしもあの子、ちょっとずうずうしくて、嫌いだったんだよね。

そんな空気さえあった。

来実も他人事だった。クラスも部活も違えば、できることはほとんどない。

美月が、ラジオネーム「ローリーよりローラ」であるのは、一目、いや一聴瞭然だと思った。

それなのに、なんで美月は、自分はさも「いじめはしないけど、人がされているのは見過ごせない、でも、気の弱い子」を装って、番組に電話しているのか。

あの電話は、すごく嫌な感じのものだった。もしも、声が美月に似ておらず、自分とまったく関係のないものであっても、来実はあまりいい気持ちはしなかっただろう。話者は悩んでいると言いながら、どこか誇らしげだった。友達のいじめに悩む私って、優しいでしょう? と自慢しているような。抑えようもない、自意識が声ににじんでいた。

その人を知らなくても、顔が見えなくても、いや、見えないからこそ、人柄が伝わってしまうことはあるのだ。

なんだか、大切な場所に土足で入ってこられたような気がした。


来実は美月の横顔を追ってしまう。

授業中に前の席の女の子が振り返って話しかける言葉に笑う美月、給食でなぜピーマンが嫌いなのかを力説する美月、体育の時間に体育館の隅で爆笑している美月……。

改めて気づかされる。どんな時の美月も顔立ちが整っていた。

うらやましいな。

じーっと見ているうちに、ふっとそんな感情さえわいてくる。

透き通るように白い肌、きれいな形の高い鼻、さくらんぼみたいな唇。ディズニーのお姫様みたいな容姿だった。髪は自然なままで薄茶色くて、くるくるカールしている。ただ、無造作にゴムで留めただけで、パリジェンヌみたいにかっこいい。

来実たちとはしょせん、土台から違うのだ。

それなのに、そんな子が、どうしてラジオなんかに電話するのか。

もやもやした思いを抱えている時に、春の球技大会があった。

来実の中学校では秋に運動会、春に球技大会をする。クラスの中で、サッカー、バスケット、バレーボールに分かれて、学年の中で対抗試合をするのだ。来実はバスケットボールを選んだ。

部活にこそ入らなかったものの、来実はまだバスケが好きだ。背だって高くないけれど、ドリブルが得意で、サイドから一人でゴールまで駆け抜ける快感がたまらない。バスケを選んだのは、来実の他、佳那、バスケ部の二人、そして、美月たちのグループが入って、全部で八人だった。

佳那は大会の前から、そわそわしていた。競技より、美月やトップグループの女子たちと一緒であるのが、嬉しく、少し緊張しているらしかった。

大会当日、第一試合から来実はシュートを何本か決め、他のバスケ部の女子二人とともに、すぐに五人のレギュラーメンバーに選ばれた。美月もそううまくはないけど背が高いので、何度か試合に出ていた。運動神経の悪い佳那はほとんどベンチで、大声をあげて応援してくれた。

来実たちは順調に勝ち進み、準決勝まで来ることができた。サッカーやバレーは早々に負けてしまったので、クラスの他のメンバーもバスケットコートの周りに集まり、応援も熱を帯びてきた。

準決勝の試合には、来実の他、美月も出ていた。来実がいつものように右サイドからゴール下に駆け上がった時、目の前に美月がいた。自分でも簡単に入れられるシュートだと思ったが、来実は反射的に美月にパスしてしまった。背の高い彼女はゴールを決めた。

クラスメイトたちから、わあっと歓声が上がった。美月は本物のＮＢＡの選手みたいに片手を挙げた。さらに大きな歓声が上がった。端から見ていても、そのしぐさはさりげなくて、かっこよかった。

私がパスしたのに……あそこまで上がっていれば、誰にでもシュートできる。来実の胸に複雑な感情がうずまいた。

次の決勝戦、来実と美月は当然のようにメンバーに選ばれた。

もう、他の競技はほとんど終わっていたから、観客もけた違いに多くなっていた。試合開始の笛が鳴ると、それだけで声が上がった。来実はそれが皆、美月に向かっているように感じた。美月がまた手を挙げただけで、かわいいー！という声が上がったからだ。それは、彼女たちのグループのものだったが、なんだか、学年、いや学校全体の総意のような気がした。

試合は一進一退の攻防で、どんどん白熱していった。来実もだんだん、美月のことなど、関係なくなってきた。

しかし、相手チームは四人が現役のバスケットボール部、残りの一人も小学校でミニバスケをやっていたという強者ぞろいで、じりじりと点差を離された。ラスト三分を切った時には八点の差を付けられ、諦めムードも漂い始めた。

来実は、相手チームのゴールからこぼれたボールを得意の右サイドで取ることができた。体がかっと熱くなった。駆け上がれば、シュートできるかもしれない。ほとんど何も考えずに走り出していた。そして、ゴール前に来た時、そこにまた美月がいるのに気がついた。

美月は笑みを浮かべて、手を挙げていた。それが来実にはにやにや笑っているように見えた。

あんた、なんで、そこにいるのよ。

心の中で叫んでいた。美月が今そこにいるということは、彼女はほとんど守備をせずに自分のゴール前でぶらぶらしていた、ということである。

こっちは必死に走り回って、ボールを拾ってるんだよ。

渡したくない、と思った。ただ、ゴールを棚ぼた式に奪うような女に、自分が奪取した大切なボールをあげたくない。

しかし、その一瞬の迷いが、来実の足を止まらせていた。あっという間に敵に囲まれ、自分のところからはシュートが打てない。

「こっち、こっちー！」

美月の甲高い声が聞こえる。

なんで、あんたなんかに渡さないといけないのよ！

そう唇をかみしめつつ、来実は相手の手を避けて、美月の方に投げざるを得なかった。

その時、わずかに指が滑った感覚があった。

しまった。

敵を避けて投げたボールは、鋭く直線に、美月の顔に向かってうなりを上げて飛んでいった。

「痛いっ」

顔面にボールを受けた美月がしゃがみ込むのと、審判の終了の笛が鳴るのはほとんど同じタイミングだった。

それからのことは、音のない、スローモーション映像のようだった。

クラスの皆は、美月の下に駆け寄り、担任の河西も慌てて見に行った。大丈夫？　大丈夫？　美月ちゃんの顔がー！　とかいう音が聞こえた。水の中にいるみたいに遠くの方で。

気がつくと、美月は女の子たちに付き添われて保健室に行くところだった。一瞬、美月がこちらを向いた。その目は恨めしそうににらんでおり、鼻から血が出ていた。

「謝んなよ、謝んなよ、早く謝りなよ」

佳那は自分がやったみたいに真っ青になって、来実の腕をつかんで揺らした。

でも、来実は動けなかった。声も出なかった。

美月がいなくなった後、担任の河西が来て、「篠崎、大丈夫か」と聞いてくれた。やっと、うん、とうなずいた。

ふっと、クラスの里中君がこちらをじっと見ているのにも気がついた。なんか、意味もなくむかつく。あいつは美月の心配をして、一緒に保健室にでも行けばいいのに、いつまでもこっちを責めるみたいな目をして。

そんな間も足が動かなかった。ただ、何度も、何度も、最後の投球が、パスしたボールが指から離れる感覚を思い出していた。ぐるぐると頭の中に駆け回っていた。とっさのことだった。無意識に身体が動いていた。

だけど、もしかしたら。

自分は故意に、美月にボールを当ててしまったのかもしれない。

「篠崎、どうしたんだ、ちょっとおかしいぞ」

担任の河西から第二職員室に呼び出されたのは、球技大会から三日たった放課後だった。

理科系の教員だけの場所であるそこは、普通の職員室と違って、あまり人がいない。今も、部屋の隅で、科学部の男子とその顧問がひそひそ話しているだけだ。

そういう所を選んでくれた河西の気持ちがわからないではないものの、担任から呼び出しを食らう、ということに来実は小さなショックを覚えていた。そんなこと今まで一度もなかったから。あれから――美月の顔にボールをぶつけてからずっと、来実はどうしても謝れなかった。

ボールをぶつけた直後なら「あ、ごめーん」と軽く謝ってすませることも可能だったと思う。

でも、どうしてもできなかった。身体が拒否しているように動かなくなってしまった。

それでも何度か挽回のチャンスはあった。

佳那に促されて、来実は保健室にも行き、治療を受けている美月を見た。佳那が後ろからまた、何度も何度も突っついた。さあ、早く謝りなよ、と言うように。

けれど、できなかった。

そこに行くまでは謝るつもりだった。だけど、鼻血を止めるためにガーゼを当て、アイスノンで頭を冷やしている美月を見たら、なぜかどうしても声が出なかった。美月の周りには女子だけでなく、日頃美月をちやほやしている応援団部の男子、中には三年生の先輩までもがいた。

私は悪くない。どうして、皆の前で謝罪する必要があるのか。

彼らを見たら、そんな声が体の中からあふれてきて、自分でもどうしようもなかった。

あれは試合だ。私は必死にがんばって、ボールを守り、投げた。ただ、ちょっと手が滑っただけだ。しかも、あの時は敵が前にたくさんいて、あのコースしかなかった。だいたい、美月にはその前にもシュートのお膳立てをしてやっていたのだ。どうして、私が謝らなくてはならないのか。

翌日、登校すると、美月は鼻に小さな絆創膏を貼っているだけだった。ただ、彼女の取り巻きたちがひそひそ話していて、来実が「おはよう」と言うと、一斉にこちらを見た。誰も応えてくれなかったが、美月が唯一「おはよ」と小さな声で言ったので、皆、それに倣った。

来実が謝る最後のチャンスだった。あの時謝れば、前日はぶつけたことにあまりにもびっくりしてしまって何も言えなかった、という言い訳も立った。でも、もう、遅い。ごくわずかなことで無視されるようになったり、嫌われたりするのは、清海の例を見るまでもなく、来実にもよくわかっている。

今のところ、美月たちのグループと表だった争いは起きていない。ただ、どこか気まずい雰囲気が立ちこめている。お互い、進んでは話さないし、教室でも離れている。嵐の前の静けさ、というか。

佳那はおびえきっている。自分もまた、美月たちに無視されるんじゃないかと心配して。

「篠崎はさ、そういう子じゃないと思ってたんだよ」

そういう子？　来実はその内容を聞くまでもなく、かっとした。

どういう意味なんだ。ただ、担任をしているだけで、あんたがあたしの何を知っているんだ。

「そういうって、なんですか」

「ほら、篠崎って、なんて言うか……いい意味で現代っ子じゃん。クールって言うか、現実的って言うかさ。名より実を取る、って言うか」

口答えしようとして開いた唇が、う、と詰まった。確かに、自分にはそういうところがあった。

「頭がいいから理性で行動する人でしょ、君は」

まあ、座れ。

両手をぐっと握ったままで立ち尽くしている来実に河西は隣の席の椅子をゆっくりと勧めた。

「だから、どうしちゃったのかなあ、ってちょっと心配してるんだ」

そんなこと、言われたって、来実にも説明できない。

来実の学校では、いじめや不登校の問題に神経を尖らせている。いや、今は、日本中どこの中学校でもそうかもしれない。ほんの少しでも、争いや兆しがあったら、早めにつみ取れ、と校長が大号令をかけているのだ。

だからこそ、河西も神経質になっているということはわかっていた。もしかしたら、これがいじめや仲違いの原因になるのではないかと。

だけど、自分にもわからないことはどうしようもない。

ふっと目をそらしたら、河西の机の上にシルバーの機械が置いてあるのを見つけた。ラジオだった。

来実の視線に気がついて、河西は「ラジオだよ」と言いながら、それを手に取った。

「録音できるラジオ。家にもあるんだけど、こっちにも置いてあるの」

「……先生、聴いているんですか」

「うん、深夜放送とか、録音してあるの。テストの点数とかつけていて、夜になって、ここの先生が誰もいなくなった時につけて、仕事している」

皆には内緒、と言いながら、河西は来実の膝にそれを載せた。

ラジオの重み、無機質だけど温かいその機械。

来実はそれを手にとってじっと見た。

「篠崎も聴いているの？　ラジオ」

うん、とうなずいた。何を聴いているの、と聴かれるかと思ったが、河西はそれ以上尋ねなかった。

「……私は悪くない」

気がつくと、ラジオの上に涙をこぼしていた。

「私は悪くない。だって、試合中だったんだもん。ただ、がんばって投げただけ。井上さんだって、ちゃんとよけないから」

本当は指が少しおかしな方に行ってしまったのかもしれない。彼女へのわずかな反発を汲んで。でも、それは言えなかった。

「わかってる」

河西はうなずいた。

「誰も、篠崎が悪いなんて思ってない。たぶん、井上も、井上の周りの人間も。ただ」

「ただ？」

「ただ、悪くないから、こっちから謝ってやるっていうこともあると思うんだ。大人には」

「悪くないから？」

「そうだよ。向こうも悪いなんて思ってないから、こっちから言ってやることで、物事を穏便に済ませ、円滑に進める」

あー、俺も自分で言っててヤになるなあ、と河西は頭に手をやった。

美月は教師や男子の前では、気が強いところやいじめの首謀者であることは隠している。でも、皆、彼女が実力者であることはよくわかってるのだ。

「篠崎はラジオリスナーなんだろ」

「はい」

「俺もそう」

何を言いたいのだ？

「同好の士として、ここは穏便に済ませてくれ」

河西は頭を下げた。

「でも」

「でも、なんだよ」

「井上さんの周りにはいつも人がいるから、やだ」

「わかった、井上と落ち着いて話せる場所を作るから」

来実は膝の上の、ラジオを見た。

ラジオに免じて、許してやるか。

「わかった」

「よし」

河西はほっとした顔になった。

用意してくれた場所は、理科室の隣の準備室だった。

壁が一面棚になっていて、顕微鏡やフラスコなどの実験用具がぎっしりと並んでいる。真ん中に実験用の机があった。

河西と一緒にそこで座って待っていると、美月が入ってきた。

彼女は内容や目的を聞かされずに呼び出されたはずだった。でも、来実の顔を見ると、ははーん、という表情をしてうなずいた。

「先生、なんですか」

それでも、本当の目的には気がついていないように、にっこり笑って、こちらを見た。

「篠崎が、言いたいことがあるんだって」

ほら、と河西は来実をうながした。

木の椅子に座っていた来実は立ち上がって、深くお辞儀をした。

「この間の球技大会では、ボールをぶつけてしまってごめんなさい」

自分でもわかるぐらい、無表情で謝った。

「なーんだ。河西先生がここに来いって言うから、何かと思ったら、そんなこと。ぜんぜん気にしてないから、大丈夫だよ」

けらけら笑い声まで立てて、美月は応えた。

「むしろ、こちらこそ、気を遣わせちゃって、ごめんね」

「さあ、そうしたら、仲直り、仲直り」

河西が手をぱんぱんと打った。

仲直りって、うちら、ぜんぜん、仲悪くなったりとかしてないし、と美月は口を尖らせた。

うまいなー、さすがに先生の前での態度は完璧だ。来実は感心した。

「それじゃ、篠崎も井上も、もういいな」

「はい。じゃあ、私は部活に行きますね」

美月が部屋を出ようとした。

「すみません。ちょっと待ってください」

気がついたら、来実は声を出していた。言った本人が一番驚きながら。

「どうした?」

河西が驚いて、こちらを見た。

美月は河西に見られていないことをわかっていて、露骨に嫌な顔をした。

「すみません。井上さんと二人で話させてください」

「でも、篠崎……」

「お願いします」

河西は美月の方を振り返った。

「あたしは部活あるから……あんまり時間ないけど」

「じゃあ、あとは若いお二人で……なんてな」

河西は少し心配そうな表情をしつつも、正直、あまり関わりたくないな、という態度を示しながら出て行った。それは、教師という立場を超えて、「あんまり女のそういう面倒なのに関わりたくないんだよ、おれ」という雰囲気があった。

教師が出て行ったとたん、美月は腕を組んで、来実を見た。

「何？　あたし、忙しいんだけど」

「あのね」

「だから、もういいんだって。別に無視したりしないから」

二人きりになったら、当たり前のように口調を変える。

「そうじゃなくて」

「何よ」

「……井上さん、もしかして、聴いてる？　ラジオ」

「ラジオー？」

なんのことかわからない、と言わんばかりに、美月は首をひねった。

「土曜日の『全国こども電話相談室・リアル！』」

「聴いてない。っていうか、ラジオ自体、ほとんど聴いたことないし」

「そうかな。Ｗｅａｒｅシンセキ！　本当に知らない？」

美月の眉がぴくりと動く。

「この間のリアルでさ、美月ちゃんにそっくりの声をした子が、相談の電話かけてきたんだよね」

「は？」

美月は鼻にしわを寄せ、上から呆れたように来実を見て、ふん、と笑った。

いつもなら、きっとひるんでしまいそうなその態度だったが、来実は耐えた。

「その人、言ってたんだよね。チア部でいじめがある、って。それが、うちの学校のことと、そっくりだったんだけど」

「そんなの知らねーし。だいたい、それがあたしだなんて、証拠あるわけ？」

「録音がある」

とっさに、そう言ってしまった。本当はなかった。でも、河西の机の上にあった、録音できるラジオのことを思い出して、つい、言ってしまった。

「あれを聴けば、だれでも、井上さんだってわかると思う。なんで、あんなこと言うの？　井上さんはいじめを見ているだけじゃなくて、やってるよね？」

来実が驚くほど、美月の表情が変わった。色白の頬がみるみるうちに赤くなり、大きな目が見開かれた。偉そうに組んでいた腕がほどけ、下がった。

「あんた、それ、誰かに言った？」

「言ってない」

「言ったら、承知しないからね」

立場が一気に逆転したのを感じた。美月が気にしているのはどちらだろう。ダサいラジオを聴いていることを知られるのが恥ずかしいのか、それとも、嘘をついて相談したのがばれたくないのか。

「言わないよ。ただ、どうして、あんなこと、電話したのかと思って」

「あんなことって」

「いじめられている子がかわいそう、とか、助けてやれない、とか」

「あんたに関係ないじゃん！」

「別に、皆に言いふらそうとか思っているわけじゃないよ。ただ、なんで電話したのか、知りたいだけ」

ほんの少し、美月の表情が和らいだ気がした。

「あんたはなんで聴いてるわけ？」

「え」

「なんで、ラジオなんか聴いているの？」

「それは……」

「もしかして、ラジオがお友達？」

美月がにやにや笑った。あっさりとまた形勢が変わってしまったようだった。

「そういうの、だよね」

「そういうのって？」

「そういうさ、Ｗｅ ａｒｅシンセキ、とか、ラジオを信じているとか、ラジオ大好きとか。そういうやつらがいるから」

「やつらが？」

「いじめとか、ラジオでなくなると思っているの？　そんなことなら、どこの学校にもいじめなんてあるわけないって。なのに、皆、きれいごと言っちゃってさ。だから、電話してやったの」

「どういう意味？」

「皆、簡単に騙されてんじゃん。あんな人たちにいじめとか、あたしたちの悩みとか解消できると思ってるの？　ああいう、きれいごとばっかり言ってる大人に」

気がついたら、じわりと涙が出ていた。

「そういうの、本当に大っ嫌い。だから、からかってやったんだ。あっさり引っかかって、超おもしろかった。あんた、皆に言いたいなら言ってもいいよ。録音流してもいい。そしたら、皆で笑えるし」

唖然としている来実を残して、美月は部屋を出て行った。


次の日から美月たちのグループに無視されてもしかたない、と思っていた。あの美月にあんな口の利き方をしてしまったのだ。ラジオのことはともかく、球技大会のことだって、美月の説明次第では、十分、来実を仲間外れにする理由になりそうだった。謝り方が生意気だったとか、言えばいい。

けれど、その後、美月は何もしなかった。親しく話したりはしないが、来実を避けるわけでもなく、友達にそれを指示したりもしていないようだった。一週間もすると、球技大会でのことは誰も忘れてしまった。あんな人たちにいじめとか、あたしたちの悩みとか解消できると思ってるの？

今でも、美月の言葉が耳に残っている。毎週聴いている「リアル！」もほんの少し、色あせたような気がした。

そんな時に、来実たちを驚かす出来事が起こった。

囲碁将棋クラブの里中君が「全国中学生選抜将棋選手権大会」の東京大会でベスト4まで行ったのだ。準決勝で負け、惜しくも決勝は逃したものの、成績は月曜日の朝礼で校長先生から発表された。

「里中はよくやったな。皆、拍手！」

教室に帰ってから、河西も里中君を教壇の前に立たせて祝った。彼はすごく困ったような顔で、微笑んでいた。

里中君、こういうの、一番嫌いなのにな。

来実は心中を察しながら、拍手した。彼は目立つことが苦手だ。小学生の頃は自由研究の発表とかでさえとても嫌がって、泣き出したこともある。

「里中、一言、スピーチしろ」

それなのに、河西はさらに追い打ちをかける。

メガネの奥の目を見張って、唇をかみしめている彼を見ていると、来実はさらにいたたまれない気持ちになってはらはらした。しかし、里中君はもう子供ではなかった。自分が話さないと終わらない、とわかっているようだった。

「今回はたまたまうまくいって、準決勝まで進みましたが、これ以上、結果を残せるかはわかりません。でも、来年もできる限り、がんばりたいと思います」

実直な彼らしいスピーチだと思った。けれど、河西がさらにいらないことを言う。

「将来はプロ棋士ですか!?」

まるで記者会見の会場のような言葉に、教室はどっと沸いた。河西がいつもおとなしい生徒に晴れの場を与えてやりたいと思っているのはわかった。けれど、よけいなことを言う、と来実はいらついた。

すると、里中君がきっと河西を見つめた。

「プロはそんなに甘くないと思います」

おお怖、という声が教室のどこかから聞こえた。

「プロにはなれないと思うけど、将棋が好きだから、精一杯がんばります」

そこで一礼して、席に戻った。

一瞬、教室が静まり返った後、拍手が大きくなった。

きっぱりした立派な態度に、来実には映った。教室の皆も同じ気持ちと見えて、小さい口笛まで吹くものもいた。河西はまいったな、という顔をして、頭をかいた。

好きだから。

単純だけど、いい言葉だと思った。本当に好きなら、その効用が特になくたっていいのだ、努力することが損だなんて思ったらいけない。

そういうことなんだ、と来実は掌が痛くなるぐらい、強く手を打った。

「私の趣味はラジオを聴くことです。自分の部屋にテレビがないので、ラジオを聴くようになりました。最初はＦＭラジオを聴いていましたが、最近はＡＭラジオもよく聴きます」

次の週、国語の作文の授業で、「私の休日の過ごし方」という題が出た。里中君が準決勝に進んだことで、自分の趣味を発表することにしましょう、と国語の吉野先生が提案したのだ。

「特に好きなのは、ＴＢＳラジオの『全国こども電話相談室・リアル！』という番組です。子供の電話相談を受け付けていて、パーソナリティのレモンさんと電話で話したり、聴いている人に解決方法を募集して、悩みを解決する番組です。皆、本音で話します」

来実はとても迷って、ラジオのことを書くことにした。

すごく怖かった。ラジオなんて聴いている人が自分のクラスにいるか知らなかったし、学年にもいないと思う。部屋に自分用のテレビがないのも恥ずかしい。ダサいと笑われるかもしれない。それなら、佳那と遊んでいることを書いた方がいいかも。でも、やっぱり、これを書くことにした。

吉野先生が「誰から発表しますか」と尋ねた時に、一番に「はい」と手を挙げてしまった。

「レモンさんはよく言います。『Ｗｅ ａｒｅ シンセキ』。これは、リスナー皆が親戚のような気持ちになって考えてあげようよ、という意味です。これを私はずっとダサいと思っていたけど……」

そこで、皆が少し笑った。笑われるのは、元から心配していたことだった。でも実際に笑い声が起こると、逆に何か安心した。

「でも、今は思いません。ダサいのは、真剣に考えることじゃなくて、本気にならないことのほうだと思うからです」

声が震えてしまった。ここを読むのが、一番怖かったからだ。なんだか、いい子ぶっているように思われたり、クサい文章だと思われたりしそうな気がして。

「ラジオを聴いたことがない人も、ぜひ、一度、聴いてみることをお勧めします」

「はい、ありがとう。次に読む人？」

心配していたのがバカみたいなぐらい、あっさりと終わって、他の人に移っていった。里中君のように絶賛されることもなければ、バカにされたりすることもなかった。来実が思っているより、ずっと何事もなかったかのように、授業は終わった。

たいした反応がなくても、来実はなんだかちょっとほっとした。本当の自分を告白することができて気が楽になった。

それから数週間して、いつのまにか、チアリーディング部でのいじめはなくなったのを知った。

帰宅時、チアがいつも練習している正門前の広場を通ると、宮川清海が以前のように大きな声を張り上げて練習しているのを見た。美月たちと声を上げて笑っていた。

「清海、無視されるの、終わったらしいよ」

来実の視線に気づいて、一緒にいた佳那がささやいた。

「え」

「美月ちゃんが最初に話しかけてあげたんだって。あの子、美人なだけじゃなくて、うまいよね、いろいろ」

あー、かわいくて性格よく見えたら、うちら出る幕ないわー、と佳那がそう不満そうでもなく、ぼやいた。

来実がもう一度目を戻すと、一瞬、美月と目が合った。彼女は少し居心地悪そうな複雑な表情を浮かべて、小さくうなずいた。来実も会釈を返した。

ああ。美月の心の中に何かが起きたのだ、とわかった。

でも、校門を出た頃には、なんだか出来すぎのような気がして、もう、今のひと時が幻のようだった。自分の考えすぎ、思い違いかもしれない。

だけど。

美月の中にもラジオの心があるのは、きっと確かなんだ、と思った。

だって、そんなに「リアル！」が嫌いなら、二度と聴かなければいいだけだ。気になるからこそ、引っかかるからこそ、いたずらのような電話をかけた。

美月はどうしても「リアル！」を無視できない。彼女の心の中に共鳴する何かがあるのかもしれない。

なんだ、ラジオのおかげでいじめ、なくなってるじゃん、結局。

来実は愉快な気持ちになった。

第6話

音にならないラジオ

アルバイトから戻ってパソコンを開くと、新日本ラジオの女性ディレクターからメールが来ていた。

広村貴之（ひろむらたかゆき）が一週間前に出した、ラジオドラマのプロットを見て返事をくれたのだろう。どんな反応が返ってきたのか、少し前の貴之ならどきどきしただろう。けれど今は、薄目にして、メールを開く。

――広村さま　プロット、ありがとうございます。とてもおもしろく読ませていただきました。ただ、この中には私がドラマ化できそうなものはありませんでした。また、よろしくお願いします。

水谷綾乃

三行だけ。さらりと三行だけ。

それだけか。Ａ４の用紙に四枚びっしり。十個以上のプロットを出したのに、原稿用紙にしたら十六枚以上はある力作なのに、返事はそれだけか……。

貴之は腹立ちとともに、担当ディレクター、水谷の白い顔を思い出す。

二年前、新日本ラジオ主催のラジオドラマの賞を受賞した時にパーティの前に待合室で紹介された。しわ一つない、つるんとした卵型の顔は、歳は同じぐらいか、少し下に見えた。

「広村君、こちら、君の担当になる、水谷君」

その日会ったばかりの、ラジオドラマ部の山田という部長が教えてくれた。

「よろしくお願いします」

お互い、深くお辞儀をした。

「水谷君はうちに入って何年だっけ?」

「六年目です。二十八になりました」

「ついこの間、入ったばかりと思ってたら、もうアラサーか。確か、まだ独身だったよね。まあ、若い人同士、仲良くやってよ」

何がおかしいのかわからないけど、げらげら笑いながら、彼は去って行った。

「広村さんは普段は何をしているんですか」

二人きりになると、ミス・アラサーはその冷静な目をこちらに向けてきた。白目が青く光っている。貴之は、バイトと執筆でいつも充血している自分の目が気になった。

何をしているって、つまり仕事のことを聞いているんだろうけど……仕事は何ですか、とストレートに質問しないのは気を遣っているのか。逆に変な感じだけど。

「アルバイトです。コンビニでアルバイトしながら、シナリオを」

コンビニではすでに副店長にまで昇格してしまっていたが、それは逆にアルバイト生活の長さを物語ってしまうようで、口に出せなかった。

「広村さん、もう三十歳ですよね」

水谷は貴之のプロフィールが書いてある、会場で配られたプリントをまじまじと見ながら言った。

当たり前の言葉であり、問いだった。普通の口調で、どこにも嘘はない。ただ、ラジオ局のエリート社員、年下の女から発せられた言葉だと思うと、どうしても卑屈になってしまう。いや、女というのは余計か。ただ、こういう女性は、自分のような男のことなんて決して相手にしないのだろうな、と思うと、妙に悲しかった。

「そう言えば、今期の朝ドラを書いている、佐久作太郎さんも三十歳でしたっけ。観てます？　すごくおもしろいですよね」

水谷が無邪気な顔で、同じ歳の劇作家出身の脚本家の名前を出した。

「あ、まあ、そうですね」

「サクサクさんとは一度仕事してみたいんですけど、むずかしいかなあ。これまで、彼の脚本作品はすべて観てますけど、一つも不満がないんです」

悪気はないんだろうけど、ここでそんな名前を出されても、貴之はどう応えればいいのか。歳が同じというだけで。

そんなこと、わかってる。貴之が一番わかっている。

朝起きてテレビをつければ、同じ歳の男が書いた朝ドラが大評判になっているのだ。意識せざるを得ない。

才能ある人は、もう第一線で活躍しているのだと思うと、毎朝落ち込む。彼の書くセリフ一つ一つが貴之を打って、素直に笑えない。

「広村さんは、これまで映像の方のシナリオコンクールには出さなかったのですか」

これもまた、責められているような気持ちになった。

「いえ、フジとかテレ朝とか、ＮＨＫとかに」

「で、どうでしたか？」

受賞してないから、ここにいるんだろ、と言いたくなったが答えた。

「いくつか、最終選考に残ったんですが、そこどまりで。局のプロデューサーに呼ばれて、企画書を書いたりはしています」

「ああ、なるほど」

何が、なるほど、なんだ。

「では、受賞作についてはおいおいご連絡しますので、少し直しまして、オーディオ化までこぎ着けましょう。それから、他にラジオドラマのプロットなども、何かありましたら送ってください」

あれから、二年、何度も何度もプロットを送った。数にしたら、それこそ、百個以上も。多い時は、十個ぐらいのシナリオの筋を考えていたりする。

だけど一度も採用されていない。

もちろん、ドラマはラジオドラマだけではなくて、テレビドラマとかいろいろある。いずれも、プロットはなかなか採用されないというのが、もう定説になっており、千三つ、などと言われているほどだ。だから、不採用――ボツになっても仕方ないのだが、貴之には早く結果を出さねばならない理由があった。

受賞作、というのは、一応、そのコンクールや脚本賞の中で、一番の作品ということになるはずだ。けれど、実際はそのまま放送できるわけではない。

貴之の受賞作品は、その後、半年も直しの作業をすることになった。回数にして、十五回以上の改稿。

最初は、局まで出向いて、ミス・クール水谷と会議室で顔を突き合わせて話し合いをした。

「このたびは、本当にすてきな作品をありがとうございました。私も大好きな作品で、特に主人公の親友の麻理恵とか、祖父の昭夫のキャラがとてもいいですよね」

彼女は白いシャツに紺色のパンツ、シルバーのネックレスとピンキーリングを小指にはめていた。華美ではないが、きりりと美しかった。話しながら、小指のリングを時々いじった。それは、彼女を少し神経質に見せた。

貴之の方はほめられて、思わず笑顔になってしまった。

「ありがとうございます」

しかし、お礼を言うのは早すぎたのだ。

「ただ、その割にと言いますか、いえ、だからこそ、と言いますか、主人公のOL、愛菜の性格や彼女が何をしたいのかがよくわからない」

「え」

「周りがよく書けているだけに、一見、気にならないんですけど、彼女、結局、どういう人間なんでしょうか？　まあ、彼女が語り手ではありますけど、そして、セリフも一番多いわけですけど、何考えているのか、どういう人なのか、わからないんですよね。彼女の性格を整理して、少しすっきりさせてほしいんですよ。彼女、結局のところ、どういう人なんでしょうか？　一応、普通のOLで一人暮らしをしている、という情報はありますけど、大学は出ているんですか？　高校は女子校でしょうか？　中学や小学校は公立？　私立？　子供の頃、友達は多い方でしたか？　クラスにいじめはあったでしょうか？　あったとしたら、その時、彼女はどんなふうに対処しましたか？　兄弟は何人で、性別はどちらですか？　ご両親はどんな職業ですか？　両親の出身地は東京でしょうか、それとも地方？　両親は彼女にどんな女性になることを望んでいたんでしょうか？　大学で専攻はなんですか？　それは彼女が望んだ専攻でしょうか？　髪型はロングですか？　ショートですか？　なぜ、彼女はその髪型を選んだのでしょう。好きな食べ物はなんですか？　自炊はしますか？　そもそも、彼女の両親はなぜ一人暮らしを許したのでしょうか？」

立て板に水のごとく、矢継ぎ早に言われて、貴之は呆然と水谷の顔を見つめていた。いくつかの問いには漠然とした答えがあった。けれど、あまりにさまざまな質問をされて、驚いてしまった。

「……というようなことがぜんぜん見えないんです。彼女の顔が見えてこないんです。どんな女性なのか。私が今言ったことを全部、明らかにしろ、と言っているわけじゃないんです。ただ、そういうバックボーンが自然に見えてくるようにしてほしいんです」

自然、顔が下を向いてしまった。貴之はかなり、へこんだ。年下の女にだめ出しされて。

主人公の性格やどういう人間なのかわからないなんて、作品の全否定じゃないか。こういう直しについては前に通っていたシナリオスクールでも聞いていたし、先輩のライターさんからも教えてもらっていた。何より、これまでも企画書をテレビ局のプロデューサーに直されることは日常茶飯事だったから、覚悟はしていた。

けれど、ちゃんと賞をもらった、貴之の名前で出される脚本にだめ出しされるのが、こんなにつらく、そして恥ずかしいことだとはこれまで考えていなかった。それは企画書を直されるのとはまったく違う。

なんだか、自分の存在を全否定されたような気持ちだった。

あなた、主人公の性格も伝わらない、こんな脚本をよくコンクールに出せたわね、恥ずかしい。と言うか、才能ないんじゃないの……と水谷に言われているような気がした。かなり落ち込んで、帰途についたのを、貴之は今でもよく覚えている。

けれど、そんなのは、まだまだ序の口だったのだ。

一度目の直しには二週間の時間をもらった。貴之はその時間をめいいっぱい使って原稿に手を入れ、提出した。

電話がかかってきたのは、翌日のことだった。夜、バイトから帰ってきたら、スマートフォンが赤く光った。そこに水谷女史の名前を見つけ、貴之は心臓がきゅっと縮むのを感じながら、出た。

「あの」

ほとんど前置きもなく、彼女は言った。

「ぜんぜん、直ってないんですけど。私、主人公のことがよくわからない、って言いましたよね？」

直ってない？もしかして、間違えて改稿前の原稿を送ってしまったのかと思った。しかし、机の上のパソコンのメールを調べると、ちゃんと送っている。

「いや、ですから、全体に手を入れたんですけど……」

「は？　どこ変えました？」

「だから、全体に……」

「じゃあ、手始めに一ページ目はどこを変えたか、教えていただけますか？」

年上の貴之相手だから言葉遣いは丁寧だったが、氷の冷たさが漂っていた。

「えーっと、まず愛菜の最初のモノローグ、『わたしはあの時、彼の気持ちをよく理解してはいなかった』を『あたし、あの時、彼の気持ちをよく理解してなかったんだ』に」

そこは、かなり考えた場所だった。冒頭部分だったし、愛菜の性格を端的に表す言葉遣いだったから。けれど、水谷にはまったく伝わっていないようだった。

「は？　ああ、わたしをあたしに変えたんですか……他には？」

「次の愛菜のセリフ『ねえ、わたしは誰なの？　あなたは何を考えているのか教えてください』を『ねえ、あたしは誰？　あなたが何を考えているのか教えて』に」

水谷は、深くため息をついた。貴之の気持ちはさらに沈んだが、一生懸命説明した。

「それから、次の文の『わたしは友達に彼のことを話した時に後悔した』を『あたしは友達に彼のことを話したことを後悔してた』に。この方が彼女の性格がわかるかと思い……」

「わかりました。もういいです」

しばらく、水谷は黙った。貴之はおずおずと尋ねた。

「あの……僕は全部直したつもりだったんですけど、いけませんでしたか」

「てにをはと語尾だけですよね」

「あ、ええ。でも、そこに微妙な彼女の性格や雰囲気が現れると思うんです。なので、思い切って、ばっさり直してみました」

貴之にとっては苦渋の決断だった。何日も悩んだし、すべて考えに考えて直した場所だった。言葉一つ一つ、てにをはや語尾は、貴之にとってはものすごく大切なところだ。ちゃんと説明すれば、水谷もわかってくれるに違いない。けれど、彼女はすっぱりと言い切った。

「……正直、何も直ってない」

「え」

「そういう小さなことじゃないんですよ。というか、そういう小さなところを直してもらっても、ぜんぜん、伝わらないんですよ。こちらには。私にも伝わらないし、あと、聴く人にも伝わらないと思います。そんなちょっとのことでは」

「いやでも」

「はっきり言って、そんなことはどうでもいいんです」

「どうでもいいって」

「明日、もう一度局に来てください、よく話し合いましょう」

がちゃんと電話は切れた。

それからも、同じようなやりとりが何度かあり、数回の直しの後、貴之がやっとわかったのは、言葉や文章をちょこちょこ直しても相手には伝わらない、ということだった。書く側からは大きな違いに感じても、それはただの自己満足でしかない……らしい。若手ディレクターである水谷は忙しい。貴之との作品だけではなく、他の仕事も抱えている。現に、数日後に新しいラジオドラマの収録がある、という話をしていたこともあった。貴之の作品の一句一文を覚えているわけにはいかない。だから、少し直しただけでは「どこ、直したんですか?」ということになるのだろう。

納得できない現実ではあるものの、それならそれでしかたがない。

「主人公の性格はわかるようになりましたね」

二か月後、やっとそう言われて、顔を上げると水谷の眉間のしわがなくなっていた。

「ありがとうございます！」

思わず、立ち上がって深々と礼をしてしまった。本当はガッツポーズしたいぐらいだった。やっと地獄のような直しから解放される。

「それでは、内容の直しに入りますか」

「え」

終わったと思うなんて甘かったのだ。立ち上がってしまった自分が恥ずかしい。握手を求めなくてよかった、と思いながら、そっと座る。

「ええと、この主人公が俊文と初めて出会うシーン、いらないと思うんですよね。後から何度も回想シーンがあるし、ここちょっと変えてもらって……それから、主人公の友人の悦子、いらなくないですか。二言しかセリフがないし」

「でも、悦子は……」

悦子が主人公の愛菜に悪口を言う場面があり、それが逆に愛菜に気づきを与えてくれるのだ。

「悦子のセリフは親友麻理恵に言わせて」

「いや、麻理恵は違うでしょう。麻理恵は優しくて穏やかな性格です。だから、名前も麻理恵にしたんですよ。悦子は厳しくて厳格な両親の下で育てられて、他人に厳しい人なんです。だから」

「すみません。悦子だけでなく、愛菜の友達が多すぎるんです。できたら、麻理恵一人に絞れませんか」

「えー」

さすがに叫んだ後、絶句してしまった。

「正直に言います。四人の友達、ということは四人の女優さんがいりますよね？　全部同じ年頃の声の違う女優さん。これ、他の人で代用できないんです。四人で話すシーンがあるから。だけど、ここで四人も使っちゃうと、予算が足りなくなってしまう。麻理恵一人が無理なら、せめて二人にできませんか」

絶句したままの貴之を取りなすように、水谷は少し口調を和らげた。

「その代わり、と言っちゃなんですが、主役の愛菜には、女優の鈴木美砂を考えています」

「あ」

鈴木美砂は少し前に大ヒットしたドラマの主人公の親友役で一躍有名になった女優だ。顔立ちは派手ではないが、清楚な美しさがあり、演技がとてもうまい。

「鈴木美砂さんが僕のラジオドラマに出てくれるんですか」

「いけると思います。彼女がこの間のドラマに出る前、マネージャーと一緒に挨拶に来てくれたんです。その時、ラジオドラマにとても興味がある、一度出てみたいって言ってたんですよ」

「彼女なら、愛菜にぴったりですね」

「ですよね。だから、友人たちは……」

「削ります、削ります」

一週間で水谷の言う通りに、シーンを削除し、愛菜の友人を四人から二人に変え、それを基に全体を書き直したものを持って行った。

身を切られるような改編だったが、読み直してみると、びっくりするぐらい違和感がなかった。むしろ、元からこれだったか、というくらい。貴之は自分の順応性の高さ、というか、諦めの早さに少し感心した。

しかし、水谷はそれだけでは満足できなかったらしい。改稿を読むとすぐに電話してきた。

「とてもよくなったと思います。で、全体を直してすっきりしたら、ラスト近くの、愛菜が俊文に愛を告白するシーンもいらないような気がしてきて」

「えーーー。だってそこは一番大切な」

「いや、でも、もう愛菜が俊文に愛情を持っていることはわかるじゃないですか」

「でも、愛菜の気持ちは」

「それに、ぶっちゃけて言うと、それじゃないと、時間が間に合わないんです。今これ、六十枚ぐらいありますけど、放送時間は四十五分ですから」

「あ……削ります」

「それから、冒頭シーンですけど、ずっと愛菜のモノローグが続く。ここ、いらなくないですか。聴いている人がいきなり長セリフを聞かせられるの、つらいような」

そこは、貴之が応募前、一番力を入れて書いたところだった。

「削ります、削ります」

もうやけくそだった。

「それから、鈴木美砂さんのキャスティングがむずかしくなりまして」

「え」

「同じ事務所の後輩で、グラビアアイドルの高橋麻帆子(たかはしまほこ)さんになりました」

貴之もその名前は雑誌か何かで見たことがある。だけど、彼女が演技をしているところは観たことがない。

「その方、演技の方は……？」

「深夜ドラマで、準主役をやったことがあるそうです」

そうです、って水谷も観たことないのか。

「大丈夫なんですか、それで」

「でも、主人公の祖母役に、同じ事務所の石野タキさんを仮押さえできました」

誰だ、それは。

「ついては、今、役名が付いていない祖母役に適当な名前を付けてもらえませんか。名前が付いている役がいい、というのが事務所からの要求なんで」

なんだか、ぐったり疲れ切って、貴之は電話を切った。その頃には、すでに十稿を超えていた。


「きのっち！ また、白い下着に色物が交ざってるよ！」

パソコンに向かっている貴之に怒鳴り声が飛んできた。

恋人のマーサこと、雅代は同じ歳の普通のＯＬだ。休日になると貴之の部屋に来て、掃除や洗濯をしてくれる。大学時代に出会って、卒業と共に付き合うようになり、そのまま、すでに十年近くが経っていた。

新歓コンパで初めて見た時、薄化粧をして大人っぽいジャケットを羽織った彼女は群を抜いて美しかった。あの女性と付き合えるなんて、思ってもみなかった。ボランティアサークルをやるうちに、美人なだけではなくてしっかりした頭のいい人だと知った。卒業式の後の飲み会でダメ元で告白し、彼女が「いいよ」とうなずいてくれた時には何かの間違いかと思ったほどだった。

そんな出会いも、十年も経てば日常になってくる。

「悪い、分けといて」

上の空で返事すると、後ろからぽこん、と頭を殴られた。振り返ると、プラスチックの風呂桶を持った彼女がいた。

「なんだよ」

「約束、覚えているよね」

てっきり怒られるかと思ったら、低い声でそう尋ねられた。とっさに声が出ない。

マーサはじっとこちらを見ている。

「……覚えているよ」

さらに何か追い詰められるかと思ったけど、彼女は何も言わず、洗濯機の方に行ってしまった。

脚本家を目指して会社をやめる時、彼女と約束した。三年でものにならなかったら、諦めて普通の仕事を探すこと、そして、結婚すること。

始める時、長いと思った三年はあっという間に過ぎた。三年目のぎりぎりでラジオドラマの賞を取った。期限は二年延ばされた。

けれど、それもまた、終わろうとしている。

貴之がこの仕事を目指すのは宿命である。

貴之の母親は「働く女性」であり、幼い自分を背負ったまま仕事をしてきたらしい。祖父が中国人で、戦前に大陸から渡ってきた人だった。現在ではもうその親戚たちとも交流がなく、ただ、彼女が中国語の通訳兼社員として今でも貿易会社に勤めているのが、唯一のゆかりだ。

とにかく、当時も猛烈社員だった母親は、産院の病室で貴之を抱いたまま仕事の電話をし、メモを取っていた。すると、まだ目も明かぬ生後三日の貴之がそのペンをはっしと握った。

母は驚愕した。中国には、一歳の誕生日に、さまざまなものを机の上にのせて、子供に選ばせる風習がある。子供がつかんだもので、将来を占うのだ。金を選んだ子は銀行員、そろばんを選んだ子は商売人、リンゴを選んだ子はコックになる、というように。

それがまだ乳児の子供がペンをつかんだのだから、母は驚き喜んで、夫に告げた。

「この子はきっと立派な作家になるに違いないわ」

大学の助教授だった、歴史学者の父親も喜んだ。彼は内心、作家よりも学者になるのではないか、と期待した。それでも、息子の名前を日本最初の男性作家、貫之(つらゆき)に因んでつけた。

その謂れから、貴之は学生時代、ずっと「きのっち」と呼ばれた。貴之から紀貫之、そして、きのっちというわけだ。

中国とのつながりはもうほとんどないとはいうものの、母親には確かに大陸の血が流れている、と貴之は思う。

おおらかで、世間体とか噂を気にしない。大学を卒業したら就職しろ、とは一言も言わなかった。いつも、「十年後を考えて行動しなさい」と言う。会社をやめる時も「あなたは作家になると思っていたのよ」と嬉しそうな顔をした。

そういう母親を選んだ父も少し変わっている。六十を過ぎた父はすでに退職していて、母だけが委託の形で前からの会社に勤めている。父は主夫となり掃除洗濯から食事の支度まで、いっさいの家事をこなす。その合間に市民サークルで『中世の武士階級の家内生活における主人の存在についての一考察』という名前だけがなんだか長ったらしい講座を週に一回だけ受け持っている。そして、長年やりたかった墨絵の教室に通っている。

貴之が実家に帰ると、「今が一番幸せだなー」と身も蓋もなく言う。

「家事って、すぐに結果が出るのが研究と違ってとても楽しい。父さんは結局、学者生活三十年でなんの新説も発表できなかったし」

ぬははは、とハチミツを発見した熊のような顔で笑う。

「お父さんの講座、結構、人気あるのよ。市民サークルからはもっと人気のある、戦国時代もできないか、って頼まれているの」

「まあね」

「でも、お父さん断っちゃったの。今ので手一杯だって。そんなのちゃちゃっと適当にやればいいのに」

「そういうわけにいかないよ」

「信長、秀吉、家康の小話でもしてれば皆満足するのに」

「今の歴史ファンは皆、勉強熱心だから、簡単じゃないって」

「大河ドラマでその時代をやった時、さらに人気が出るのに。腐女子要素入れたら、歴女だって取り込めるのに！　そしたら、本の一冊も書けるかもしれないのに」

いつも大局を見据えて仕事している母親と、万事におっとりまじめな父親。バランスの取れた夫婦だと思う。

しかし、最近、さすがに貴之も焦りがつのることがある。両親が優しいのをいいことに、好きなように生きていたら、こんなふうになってしまった。就職した時に家を出て一人暮らしになったが、苦しくなったらいつでも実家に帰ってこいと言われている。

そういう実家の雰囲気が「甘い。成功から貴之を遠ざけている」とマーサも言う。さすがに恋人の親を悪し様に言うことはないけれど、「だから、おっとりしちゃうんだよねえ」とつぶやく。

のんびり、なんにもしていないわけじゃない。

貴之はほぼ毎日原稿に向かっているし、いつも新しいアイディアを考えてメモしている。数か月に一度は水谷に企画書を送っている。『月刊ドラマ』など、シナリオ関係の雑誌やテレビドラマのシナリオ本が出れば、図書館で借りて読む。もちろん、原作になる小説も。

アルバイトもしなければならないし、いったい、これ以上にどう努力したらいいのかわからない。

「ねえ、プロになれると思う?」

深夜、マーサがベッドの中でぽつんとつぶやいた。

掃除の後、ご飯を食べたら「なんか疲れちゃった」と泊まることにしたのだった。実家暮らしである彼女が男の部屋に泊まることを親になんと言っているのか。そして、三十を超えた娘が、結婚できるかわからない男と寝ることについて、なんと思っているのか。貴之は尋ねたこともない。怖くて。

「え」

「きのっち、本当に脚本家になりたいの?」

「う……ん」

「ここまでやったから意地になっているとか、私や同級生の手前、引けなくなっている、とかじゃなくて?」

「もちろん」

「そう」

マーサは窓の方を向いてしまった。

貴之も横を向く。自分の六畳一間の殺風景な部屋が見えた。まるで、離婚前のダイアナ妃とチャールズ皇太子のようにそれぞれ別の方向を見ている。

力強く答えたものの、そして、その答えは自分の気持ちに偽りないとはっきり言えるものの、貴之は考えてしまう。

本当に、脚本家になりたいの？　引けなくなったとかじゃなくて？

それは貴之がいつも問いかけていることだった。どうしたいのだろう。自分は。

脚本家になり、成功したいのだろうか。金がほしいのか。

それはないと思う。ラジオドラマが大した金にならないことは、もうよくわかっている。この二年間で一度だけ、十五分の短いドラマを書かせてもらった。新人が書ける枠の中で。

十五分のギャラは四万円だった。そこから税金が引かれ、三万六千円あまりが振り込まれた。それにだって、最初の執筆から三か月以上かかった。

三か月で三万六千円。とても大の男が喜べる金額じゃない。本当に脚本家になれたとして、ラジオだけだったらとてもやっていけない、というのはわかっている。それを考えるだけで暗澹たる気持ちになる。一生、アルバイトを続けなければならない。そんな状態で、結婚したり、家族を持ったりできるのだろうか。

でも、書くのはとても楽しかったし、声優さんたちが集まった収録は喜びで満たされた。主役の有名アイドルグループの下位チームに所属している子も、実は、自分は声優になりたくて学校に通っていたこともあるのだ、と貴之にそっと打ち明けてくれたりした。有名俳優がいるわけではなかったけど、皆、がんばってくれて、いい作品になった。

あの時、これからもずっと書いていこうと心に誓った。

そう、もっと書きたいのだ。だから、不満があるのだ。安くて手間がかかることに不安があるけれども。

それでもとにかく今は物語が書きたい。早く次の作品をものにしたい。どんどん仕事が入るようになれば、不満や不安も解消できるはずだ。十五分じゃなくて、できたら、一時間もの、CMを抜いて四十五分の作品。

とにかく今は、次の一本を書くことが先決だ。

次のプロット提出の時、ミス・クール水谷が久しぶりに電話で連絡をくれた。声を聞くのは半年ぶりだ。

「今回も、これといったものはなかったですねえ」

「そうですか」

「どれも、楽しいとは思うんですけど、私には一時間ものにするまでにはいたらなくて」

悪気はなく、正直な気持ちで、しかも気を遣っているつもりなのかもしれないけど、ぐさりと胸に響く。

私には一時間ものにするまでにはいたらなくて。

いたらなくて……。

「それでは、またお願いします」

「あの」

電話を切ろうとする水谷に、めずらしく、貴之は食い下がった。

「なんですか」

「あの、本当にだめですか。まったく、箸にも棒にも引っかからなかったですか」

今回出した企画書は八話分。中にはかなり自信があるものもあった。

「……はい。なんというか、ドラマにするほどのダイナミズムを感じなかった、というか」

少しためらいながら、彼女は返事した。

「じゃあ、これ、別のところで使っていいですよね」

「どういう意味ですか」

「僕が別の場所にもこのアイディアを使っていいか、ということです」

「ええ。もちろんです。広村さんのものですから」

「失礼します。ありがとうございました」

不思議な力がみなぎるのを感じながら、貴之は電話を切った。


新しく物語を書こう。

もう、水谷が相手にしてくれなくてもかまわない。

ただ、自分は書きたいのだ。そして、ラジオでそれが流れるのが聴きたい。それだけだ。

貴之は結論に達した。

ならば、一つ、方法がある。ラジオドラマのコンクールにもう一度、応募すればいい。

そういった賞は水谷の局の他に、NHK、NHK大阪、NHK名古屋など、地方も含めると十ぐらいある。

最初はNHKに出そうかと思った。そうすれば、また、別のディレクターと知り合えるかもしれないし、仕事も広がるというものだ。

けれど、貴之はあえて、水谷の局、新日本ラジオに出したかった。

もう一度、コンクールの規約を読んでみる。そこに、「過去の受賞者は応募禁止」とも「本名での応募のみ」というようなことも書いていなかった。

貴之は、名前を変えて出そうと決めていた。本名で貴之だとわかれば、選考からはじかれるかもしれない。逆に、最初から少し甘く選考されることだってないわけじゃない。可能性は低いけど。

それなら、別名で出して、自分の実力や発想力がどのぐらいなのかも知りたい。本当に、自分には放送されるだけの文章力やアイディアはないのか。

貴之は飢えていた。プロットではなく脚本を書くこと、読まれること、放送されること、誰かにちゃんと相手をしてもらえることに。

ただ、虚空を相手にプロットを書き続けるような毎日を変えたい。誰でもいいから、自分の脚本を読んでほしい。そして、感想を教えてほしい。

題材はもう決めていた。

水谷に出して、一瞥もされなかったプロットの中から選ぶのだ。

これまで出してきた、百以上のプロットの中から吟味に吟味を重ねて、一つに絞った。

それは、ブルーテープのことをテーマにしたものだった。

ブルーテープというのは、声だけのエロテープのことだ。なんでも、昔、まだアダルトビデオというのがこれほど出回っていなかった頃に流行った、行為中の声を制作録音したものだ。

貴之はさすがにその世代ではないが、前に、ラジオで伊集院光さんやカンニング竹山さんが話しているのを聴いたことがある。とてもおもしろく、ふっと頭の中に何かがひらめいた。これほどラジオドラマに適した素材が他にあるとは思えなかった。

せっかく書くなら、ラジオドラマならではの題材を書きたかった。テレビドラマでもいいんじゃないか、小説の方が生きるんじゃないか、というような内容ならば、改めて応募する意味もないと思った。エロというのにむずかしさはあるが、上手に処理して、直接そういう声を流せなくても雰囲気を効果音やＢＧＭで出せれば。

一度、同じアイディアをプロットにしたため、水谷に出したが、まったく相手にされなかった。


けれど、貴之には自信があった。これをちゃんと脚本の形で読んでもらえば、きっとわかってくれると。


中学生時代、学校の合唱コンクールの委員だった生徒、男三人女一人が登場人物だ。

次の課題曲だと先生から渡されたテープの終わりに、ブルーテープが録音されている。

教師は間違って手持ちのブルーテープの上から課題曲をダビングしてしまったのだ。男子一人がそれを持ち帰る。


三十年後、持ち帰った男子がその時のメンバーの一人を呼び出し、自分は不治の病で余命半年だと打ち明ける。そして、最後の望みとして、あのブルーテープをもう一度聴きたい、と告白するのだった。テープの現物はもうない。ただ、その女主人公（あえいでいるだけだが）の声が当時アイドル女優として大人気だった宮城芳恵にそっくりだった、ということだけがわかっている。もちろん、声が似ている他の女優がやったものだ。友達はテープを求めて、神田神保町をめぐるが当然、同じものどころかブルーテープ自体が残っていない。彼は他のメンバーも呼びだし、皆で、彼が死ぬ前に作り直すことを誓う。テープの声にそっくりだという、今は大女優となっている宮城芳恵に彼の願いを届け、出演を依頼する。すでに老年にさしかかっていた彼女は悩みながらも、その申し出を受ける。かくして、たった一人のための、ブルーテープができあがり、彼はそれを聴きながら、天に旅立つ。

あっという間に書き上げることができた。ほぼ一週間で第一稿が完成し、何度も推敲して、完璧に仕上がったと思えた。そして、コンクール締め切りの前日、貴之はそれをポストに投函した。ペンネームは貴村広之。自分の名前を並べ替えただけだった。

「最近、なんかにやついてない？」

掃除に来た、マーサに言われた。

パソコンに伏せていた顔を上げると、掃除機を持った彼女が眉をひそめて貴之を見ている。

「別に、そんなことないよ」

「にやついてる。パソコンたたきながらにやにやしてる」

慌てて、顔を引き締めた。

「にやつく、って言い方ないだろ、せめて、機嫌がいいとかさ、言ってくれよ」

「なんかあったの？」

誰にも隠しておくつもりだった。特に彼女には受賞してから、「じゃーん！」とそれを教えるつもりだった。

しばらくごまかしていたが、しつこく聞かれて、話すことになってしまった。何より、「にやついている」と言われても仕方ないほど、このごろの貴之の心は弾んでいる。本当は、マーサに話したくて仕方がなかったのかもしれない。

「実はね」

貴之は偽名でコンクールに応募した一部始終を話した。

「……もしかしたら、受賞できるかも、いや、絶対できると思う。すごく出来がよかったし。だけど、本当のことを言うと、そこじゃないんだ、こんなに嬉しいのは。書くのがとても楽しくて、自分にまだ話を作ることができるってことがわかったからなんだ。時々、自分が考えた物語について思い出すと、どきどきわくわくする。こんな気持ち久しぶりなんだよ」

しかし、上機嫌な貴之の表情と対照的に、マーサの表情は見る見るうちに曇った。

「……そんなことして、大丈夫なの」

「え」

「あんた、バカじゃないの？　そんなことがばれたら、どれだけ怒られるか」

「いや」

「もう二度と書かせてもらえないかもよ」

「なんで」

「局の人やプロデューサーなんかをだますことになるんだよ」

「だって、コンクールの規約には」

「規約やなんかになくたって、あんたが受賞して、もしも、嘘がばれて取り消しになったら、もう一度、選考会をやり直すんだよ。それにどんな手間やお金がかかると思っているの？　いや、やり直す時間なんてないから、たぶん、今年は受賞者なしになるかも。局の人たちは、選考委員の脚本家の先生たちに謝らなくちゃならないかもしれない」

さすが、会社でもできる女で通っているらしい、ちゃんとした社会人。冷静で、よい意味で計算高く、経理部でいつも接待費の領収書を処理している女だ、と妙なところに感心しつつ、貴之は顔が青ざめるのを感じた。

「どうしよう」

「どうしようって、ここまできたら、覚悟決めなさいよ」

「だって、大変なことになるって、言ったのはマーサだろ」

「もう、やってしまったことだから、仕方がないじゃないの。受賞するしかないわよ」

「だから、マーサがそれがダメだって」

「じゃなきゃ、箸にも棒にも引っかからずに最終選考まで残らないことを祈るしかないわね。中途半端に、佳作とか取っちゃうのが最悪」

「どうして？」

「最優秀賞を受賞できたら、それだけ作品がいいってことなんだから、まあ、局の人も見逃せないでしょ。ちゃんと自分の気持ちを説明すればいい。オーディオ化してもらえるかもしれないし、認めてもらえるかもしれない。でも、中途半端な賞を取ったり、最終選考で落ちたりするのが一番やばい。実力も大したことない、ってことになっちゃう」

思わず、黙ってしまった貴之の背中をマーサはばんっと叩いた。

「自信あるんでしょ。一か八かに賭けたんでしょ。意外に根性あるじゃない。結構、見直したかも」

「……そうかな。だけど、受賞できなかったら」

「その時は、諦めてもらう」

「どういう意味？」

「脚本家の夢、諦めて。もう十分じゃない。三年プラス二年。イコール五年。私も、待ちくたびれた。ちょうどいい。これで諦めもつく」

「えええええ。勝手に決めるなよ」

「再就職して」

そして、彼女は何事もなかったかのように、鼻歌を歌いながら掃除を再開した。

なんか、妙に上手に言いくるめられた感じだった。だけど、それに強く反論できなかったのは、貴之の中にもどこか、彼女の言葉に納得できるものがあったからだろうか。

これは自分の運命を見極める、賭けになるかもしれない。

貴之は掃除をするマーサを見ながら、体が震えてくるのを感じた。


それから、三か月が過ぎた。

貴之には前とたいして変わらない月日だった。

アルバイトをし、企画を考える、という日々。コンクールの結果を気にしつつ、けれど、そればかりを考えているわけにもいかない。

コンビニのアルバイトは忙しく、相変わらず、プロットは通らない。

貴之のコンビニに週に一度か二度、必ず、クレームを付けるおじいさんがいる。温かいものと冷たいものを同じ袋に入れていい、と言いながら、それらが袋の中で触れると激怒する。だからといって、別の袋に分けると、エコロジーを考えろ、大企業だから地球のことをおろそかにしている、バカにしている、と怒鳴る。彼の相手は貴之か、パートのおばさんで「仏」と呼ばれている、優しい三橋さんにしかできなくて、手を焼いていた。

そのおじいさんを主役にした「エコじいさん」という、プロットを書いて出した。文句ばかり言っているおじいさんとコンビニ店員との温かい交流を描いたものだ。正直、そういう話はありきたりじゃないか、と思ったが、意外にも水谷が食いついてきた。

「いいですね、これ、いいじゃないですか。おじいさんのセリフが生き生きしているし、クレームがリアルです！」

確かにクレームはリアルだ。モデルになった爺がここ何年も貴之に浴びせてきた言葉なのだから。しかし、実際には、その爺とは今も殺伐としたやりとりが続いており、プロットの中のように温かい交流なんて、夢のまた夢なのだ。

それでも、ほめられれば、やっぱり貴之は嬉しくなって、それをさらに脚本にすべく、ブラッシュアップし続けた。

しかし。

「すみません。広村さん、やっぱり、この間のコンビニの話、没になりました」

「そうですか……」

「コンビニっていうのがちょっとありきたりだし、ラストにお爺さんと店員たちが仲良くなるっていうのもありきたりだし、会話がリアルすぎてラジオの主な聴取者である老人たちの反感を買いかねないと編成の上の方から指摘がありまして」

そのラストは水谷が書き直させたところじゃないか。貴之はもう少しリアルで坦々とした終わり方を考えていたのに、水谷がお涙頂戴に書き直させて……。

「わかりました、ありがとうございます」

自分の声はもうそんなにがっかりしていないように聞こえるだろう、と思いながら、貴之は電話を切った。

そんな時に、知らない番号からスマートフォンに連絡があった。

「ええと、たかむら……貴村広之さんでしょうか」

自分とは違う、でも、確かに自分が付けた名前を呼ぶ声がした。胸がどきりとした。

「え？　あ、はい。僕が貴村ですが」

「わたくし、新日本ラジオのディレクターで、小岩(こいわ)、と申します。貴村広之さん、ご本人ですか」

「はい。確かに、本人です」

前に授賞式で紹介され、名刺交換した中に、そういう男がいたような気がした。

「おめでとうございます。貴村さんがご応募くださった、ラジオドラマ『三十年目のブルーテープ』が、新日本ラジオ大賞の最優秀賞を受賞されました」

何も言えなかった。びっくりするほど、喜びはなかった。ただ、やっぱり、と思った。

数年前に、同じことを言われたことがあった。しかし、今回は違う。今回はこれから、自分は、この妙にはしゃいだ声を出す男に、告白しなければいけないことがある。

「貴村さん？　貴村さん、聞こえますか？　あなたは、新日本ラジオ大賞の」

「……聞こえてます。ちゃんと」

「そうですか。おめでとうございます。つきましては来月……」

「あ、あの」

「来月の二十七日にですね、授賞式とささやかなパーティがありますので、ぜひご参加ください」

知ってる。前にも出たから。

「で、ですね。その前に一度お会いできないでしょうか」

「あああ……」

思わず、情けない声が出てしまった。しかし、小岩はそれを喜びの声と勘違いしたようだった。

「この作品、素晴らしいですよね！　僕だけでなく、他の者もおもしろいって言っているんですよ」

「……ありがとうございます」

「何より、ラジオドラマにぴったりな素材がいい。いや、こんなこと、なんでこれまで気がつかなかったのかって、皆、感心していて」

嬉しかった。そこをわかってくれるとは。喜びのあまり、ほんの少しだけこの時間に浸りたくなってしまった。

「たぶん、僕が担当させてもらうことになりそうなんですけど、授賞式の前に一度お会いして、オーディオ化に向けて話し合いを」

「やっぱり、直しが必要ですか」

「いや、この作品、ほとんど書き直しは必要ないと思います。ただ、エロの部分だけ、どう演出するか、貴村さんと話しておきたくて」

直しが必要ない……さらに嬉しく、誇らしくて、貴之はちゃんと説明しないまま、局で打ち合わせをする、という約束をしてしまった。

小岩との打ち合わせの日、貴之は少し早めに局に着いた。

今さらどうにもならないのだが、遅刻もできないし、多少でも早く行けば、何か活路を見いだせる気がした。

そんなもの、どこにもないのだが。

小岩には「新日本ラジオの玄関まで来たら、受付で連絡してください。僕が迎えに行きますから。まずは自分たちがいる、ラジオドラマ部の部屋に来てもらって、皆に紹介しますから」と言われていた。

ラジオドラマ部の皆に紹介……それはもう、二年前にも一度されていたことだ。小岩の顔はほとんど覚えていないが。

局の玄関に降りてきたのは、陽気な小男だった。水谷よりちょっと身長が小さく、電話でも明るい男だったが、さらに、話の中に絶え間なく笑いをはさんでくる。

「貴村さん、今日はすみません（ガハハハッ）、わざわざお越しいただいて（ガハハハッ）、ありがとうございます。このたびは、いい作品をいただいて、本当にありがたい（ガハハハッ）、実は僕以上にこの作品を推している同僚もいましてね。皆、担当したがったんですけど、今年は僕の番だったんで嬉しかったですよ（ガハハハッ）」

小岩も、貴之の顔にまったく見覚えがないらしい。

その調子で廊下でもエレベーターの中でも話し続けるので、貴之は真実を打ち明ける暇がなかった。

「この部屋でいつも仕事をしているんですよ、もう狭くて、ぼろくて、ラジオ局なんて、お恥ずかしいぐらいなんですけど」

小岩が先に立って、ラジオドラマ部の中に入った。

貴之は自分の足がガクガク震えているのに気づいた。思っている以上に緊張しているらしい。

「今いる、局員はええと……部長の山田、同僚の佐々木(ささき)、後輩の水谷。こちらが今年の受賞者の貴村さん」

紹介されても貴之は下を向いたままだった。足だけではなく、握りしめた手が白くなっているのが見えた。それでも、部内がいつまでもしんとしているので、おそるおそる顔を上げた。すると、こちらを凝視している水谷と目が合った。他の部員も皆、彼女を見ていた。ただならぬ表情に驚いているようだった。

「……広村さん、ここで、何をしているんですか」

一番近く、部屋のドアのすぐ側の机の前に、水谷は立っていた。

「……すみません」

「水谷ちゃん、どうしたの?」

小岩は貴之と水谷の顔を交互に見ながら、取りなすように尋ねた。

「あの、僕、本名は広村貴之といいます。二年前に、同じ賞を受賞した、広村です」

「え?」

「広村です。今回は別の名前で出させてもらいました」

「えええ？　どういうこと？」

　さすがに、ガハハハッ、とは笑わずに、小岩は尋ねた。

「あの、僕、名前を変えて、応募させてもらったんです」

「あなたが広村さん……？」

　小岩の声のトーンが落ちる。急に言葉遣いも丁寧になった。

「だから、名前を変えて」

「広村さんはすでに受賞者なんですよね」

「はい」

「ということは、うちの局にも担当ディレクターがいるということですよね？」

「あ、はい。水谷さんです」

　奥から部長の山田が顔色を変えて割り込んで来た。

「なのに、また、コンクールに出されたんですか？」

「はい」

「お前、知らなかったのか」

　山田が水谷に尋ねる。

「どういうことなんですか、広村さん」

　それには答えず、水谷が悲鳴のような声を上げた。その声を聞いて、貴之は自分がしたことの重大性を改めて知ったような気がした。

大変なことをしてしまったのかもしれない。

「どういうことって……」

「なんで、こんなことするんですか」

「いや、だから」

「そういう作品があれば、私に一言、相談するべきでしょう。応募する前に連絡してくれるべきですよね。広村さんとは毎月のようにご連絡とりあってるわけですから」

それは、こちらがプロットを送っているからだろう。お前から連絡してきたことなんて、一度もないじゃないか、ただの一度も！　心の中で貴之はつぶやいた。

怒りが貴之をほんの少し強くしていた。

「私が今、どれだけびっくりしているか、わかりますか！　どうして、こんな、私の顔をつぶすようなことをするんです。なんかうらみでもあるんですか。広村さんとは新しい作品の打ち合わせも進んでいたじゃないですか」

「それはもう、没になりましたよね」

「そうですけど、これからも新しいプロットを出してくれれば」

「もう、出しました。今回、賞を取ったシナリオも、一度プロットとして提出したことがある話です」

「……そうでしたっけ」

貴之は息を深く吸った。

「そうです。この間出した中の一つです。提出して数日で、水谷さんから見込みがない、って返事が来たプロットの中の一つです。ちゃんと読んでいただけたんですか？　これまで、二年間、ずっとプロット出し続けてきました。全部で、数にして百二十六です。僕の力が足りないのかもしれませんが、正直もう疲れました。僕は脚本を書きたいんです。物語を書きたい。それは物語の筋じゃない。登場人物が動いたり、会話したりする様子を書きたい。そのためなら、オリジナルじゃなくて、原作物でもかまいません。それは前にも伝えたことがあると思いますが。でも、御局のラジオドラマは、ほとんどベテラン作家が占めていて、僕ら新しい受賞者が入る隙は無いように見えます。僕ももう受賞から二年が経って、新しい受賞者も出ています。それはベテラン作家さんの方が上手だし、安全だし、水谷さんたちも安心で楽かもしれませんが、時にはこちらにも仕事を回してくれないと、いつまで経っても、僕は素人のままです。生意気なことを言うと思われるかもしれませんが、それは職務怠慢の一種なんじゃないですか。僕の訴えは、きっと見当違いなんでしょう。自分に実力がないのが悪いのだと言われるのでしょう。でも、なんだか、毎日毎日、現実化しないプロットを書いていて、本当に疲れてしまいました。僕はひどい常識はずれの人間かもしれません。でも、こんな脚本を書くことはできるんです。それを誰かに読んでもらいたかった」

しーん、という効果音がぴったりの沈黙が部屋の中に流れた。

これを考えたのは、手塚治虫だと聞いたことがあるが、本当だろうか、と貴之はどうでもいいことを思い出していた。

「そんなふうに思ってたんですか……」

水谷は両手を顔に当てた。顔はよく見えないが、泣いているらしい。

「すみません」

山田部長が、貴之と水谷の間に入った。

「この件は、こちらで話し合わせていただいていいですか。貴村、いや、広村さんにはまた連絡させていただきますので」

貴之はほとんど追い出されるように、部屋から出た。

その週末、恋人のマーサを呼び出して、報告した。

「ふーん」

たまには家の外でゆっくり話したい、と休日、下北沢のカフェに誘った。貴之の説明をすべて聞いたマーサは、腹の中の空気をすべて吐き出すような返事をした。

「まずは、受賞おめでとう」

彼女は一応、祝福してくれた。

「まだ、どうなるかわからないけどね、あれからなんにも連絡がないし」

「でも、きのっちに実力があることは証明できたわけじゃん」

「まあね」

「それで、これからどうするの？　きのっちは」

「どうって……受賞が決まったわけじゃないから」

だんだん声が小さくなってしまった。

「じゃあ、質問変える。どうしたいの？　きのっちは」

「……続けたい」

ささやくほどの声しか出なかった。

「え？」

「書くのを続けたいです」

マーサは何も言わなかった。ただ、大きな目をさらに見開いてこっちをじっと見ていた。

「この間も言ったように、自分の実力が知りたかったし、まだ書けるかどうかが知りたかったし、皆に読んでもらいたかったんだ。だから、もうほぼ望みはかなった……かもしれない」

「ほぼ?」

「本当はもう一度、自分の言葉が音になるのを聴きたかったけど、無理なような気がしてきた。あれからなんの連絡もないし」

「そう」

マーサは自分が頼んだハーブティーをゆっくりと飲んだ。そして、上目遣いにこちらを見た。

「じゃあ、どうするの? 私たちは」

そうだ。こちらの、話し合いがまだ待っていた。受賞できなかったら諦めて就職する、と約束みたいなものはしたが、こういう条件の場合は決めていなかった。ただ、三年プラス二年。合計五年。付き合ってからなら十年。彼女ももう三十二だ。もう待たせるわけにはいかないだろう。

「まだ、何もわからないし、決まってないけど……」

マーサはじっと黙って、貴之の言葉を待っていた。

休日のカフェはぎっしり人が入っていて、貴之たちの両側のテーブルはどちらも女性の二人組が座っていた。さっきまで華やかに騒がしくおしゃべりしていたのに、今はほとんど声が聞こえない。

自分たちはどう見ても別れ話をしているカップルだろうな、と思った。

「これまでやってきてわかったのは」

最初は周りを気にしながら話していた。けれど、もうここまでくるとどうでもいいような気がした。

「自分に大きな才能がないってこと。同じ歳の人でもう連ドラを書いている人はたくさんいる。なのに、自分はアルバイトで、そんなところに抜擢される気配もなくて、今回のコンクールだって、どうなるかわからない。だから、僕にはそう大きな才能があるとは思えないんだ」

「じゃあ、やめるの？」

「でも、ここで諦めてしまうほど、まったく才能がないわけでもないと思う。というか、まだ諦めきれない。もう少し、がんばりたい」

「そう」

「いずれにしろ、こんな人生に君のことをこれ以上、巻き込めない。ごめんなさい」

「……わかった」

「本当に、申し訳ない」

顔を上げると、マーサはほんの少し、笑っていた。

「こうなること、わかっていたかもしれない」

「え」

「というか、こうならなかったら、諦めるって言ったら、きのっちのこと、嫌いになってたかもしれない。やめるのも才能、続けるのも才能よね。がんばって」

貴之はなんにも言えなくなってしまった。

呆然とする貴之を残して、マーサは一人で店から出て行った。


貴之の告白から二週間後、新日本ラジオから正式に「話し合いたい」という連絡が来た。

指定された時間に局に着くと、大きな会議室に通された。そこにはこの間の話し合いの際にいた、ラジオドラマ部の部員の他に、初めて見る顔が二人いた。一人はラジオ局の局長、もう一人は編成部長だと紹介された。

彼ら六人の前に、貴之は向き合うように座らされた。

「……辞退してください」

口を開いたのは、ラジオドラマ部部長の山田だった。

「え」

「受賞を辞退してください。そうすれば今回のことは不問に付すと上の者も言っています」

なんだか、頭の中が急にさあっと晴れたような気がした。不思議だ。事態はむしろ暗転しているのに。でも、どこか、すっきりと晴れやかだった。向こうの狙いがわかったから。

水谷の方を見た。彼女は口を真一文字に結んで、机の上に組んでいる自分の手をじっと見つめていた。もうすでに目が赤い。

それを見ながら、きっぱりと返答した。

「嫌です」

「どういうことですか」

「お断りすると申しております。ご自分の局のコンクールでしょう。よく、応募規約を読んでください。僕はそれに違反したことは一つもしてませんから」

「なんてことを」

「ここで辞退したって、もう、僕を使うことはないんでしょう。こんな問題を起こした作家なんて嫌に決まってる。ならば、ちゃんと受賞したという結果をいただきたい」

「そんなことが許されると思っているんですか」

「逆に、どうして許されないんですか？」

皆、じっと黙ってしまった。やっと口を開いたのは、中央に座っている、ラジオ局局長だった。

「確かに、コンクールの規約にはありません。ただ、このコンクールは新しい作家を発掘するためのもので、すでに作家でいる人に賞金稼ぎをさせるためのものではありません。応募規約からすると、広村さんは確かに、嘘は書いていませんが、本当のことも書いていませんよね。そういう方とこれから仕事していくことはできない、ということです」

さすがに局長だった。そう言われると、貴之も何も言えなくなってしまった。

「……そうでしょうか」

重い沈黙の中、小さな声が会議室に響いた。

皆が声がした方を凝視した。

「本当にそうでしょうか。広村さんがしたことは、そんなに悪いことでしょうか」

驚いたことに、口を開いたのは、目に涙をいっぱいに溜めた水谷だった。

「水谷君、もう、それは話したでしょう」

「私、自分を許せないんです。今まで、ちゃんと広村さんと向き合ってきたかというとそうではなかったかもしれない」

「水谷君」

「私を出し抜いて、作品を応募されたのは本当に腹が立ちました。だけど、広村さんの書きたいという気持ちをちゃんとわかってあげられなかったことは、私の手落ちです」

「受賞者一人一人に、そんなに時間がさけないのは仕方がない」

小岩が冷静に口をはさんだ。

「それでも、本当にすみませんでした」

水谷が貴之に頭を下げた。

急に謝罪されて、貴之は逆に驚いてしまった。

「広村さんがそんな気持ちでいるとは知らなくて」

「水谷さん」

「もちろん、プロットはちゃんと読んでいましたが、そこから、これだけおもしろい作品ができると予想できなかったのは、私の力不足です」

ごめんなさい、とさらに小さくつぶやいた。

「広村さんがこんなことをしたのには、私にも責任があります」

貴之もそう思っていた。偽名で応募したのは、担当の水谷がちゃんとプロットを読んでくれないせいだと。だけど、本人にそう認められると、逆に申し訳ない気持ちでいっぱいになった。

水谷は貴之の方に向き直った。

「これだけは言っておきますが、最終選考で、広村さんの作品を最も推したのは私です」

「本当ですか」

「すごくおもしろかったです。ぜひ、私がオーディオ化したい」

貴之の中で、ゆっくりと凝り固まったものが溶けていくのを感じた。

貴之は立ち上がった。

「こちらこそ、本当にすみませんでした。水谷さんにそう言っていただいて、やっと気持ちの整理が付きました。コンクールを混乱させてしまって、すみませんでした。選考委員の先生たちにも、本当に申し訳ないことをしました」

息を深く吸い込んだ。

「受賞辞退することで、お許しいただければ幸いです」

そして、一礼すると、部屋を出た。

「広村さん」

会議室の外に出たところを、水谷が追ってきた。

「本当に、私……」

「いいんです。もういいですから」

「これからどうするつもりですか」

思わず、水谷の顔をじっと見てしまった。

「……正直申し上げて、うちの会社では、もう広村さんを使うことはむずかしいと思います」

彼女は目をそらしながら言った。

それが現実だと、貴之は思った。

「書くことは続けます。今度はもう少し、別のところで」

「別のところ？」

「二年間やってきて、自分にはあまりシナリオは合わないような気がしてきました。例えば、小説とか、自由に創作できる場所に行くかもしれません」

「その方が広村さんには合っているかもしれませんね」

水谷はうなずいた。彼女は右手を出してくれた。握手をするのは初めてだと思いながら、貴之はその少し冷たい手を握った。

局を出ると雨が降り始めていた。午後は雨になると朝のニュースで言っていたのに、あまりにも緊張していて家を出る時に忘れてしまっていた。

コンビニで傘を買うような余裕がない状態はこれからも続く。だが心の中は暗くなかった。

貴之は、小雨の中を、駅に向かって走り出した。

本作品は、二〇一七年五月に小社より単行本として刊行されました。
この物語はフィクションです。

双葉文庫

は-33-02

ラジオ・ガガガ

2020年5月17日　第1刷発行
2024年9月17日　第5刷発行

【著者】
原田ひ香

【発行者】
箕浦克史
【発行所】
株式会社双葉社
〒162-8540 東京都新宿区東五軒町3番28号
［電話］03-5261-4818(営業部)　03-5261-4831(編集部)
www.futabasha.co.jp（双葉社の書籍・コミックが買えます）
【印刷所】
大日本印刷株式会社
【製本所】
大日本印刷株式会社
【DTP】
株式会社ビーワークス

【フォーマット・デザイン】
日下潤一

ISBN978-4-575-52354-6 C0193
Printed in Japan

JASRAC 出 2003464-405